Postfach 121111 | 10605 Berlin
www.transit-verlag.de

Umschlagabbildung © plainpicture|Millennium|
Lee Avison
Umschlaggestaltung und Layout: Gudrun Fröba
Druck und Bindung: CPI-Group Deutschland
ISBN 978-3-88747-331-0

Frauke Tuttlies

Herr Grundmann sagt Franziska

Novelle

Mit Zeichnungen von Esther Glück

: TRANSIT

FÜR HG UND F
IM GEDENKEN AN ANDRÉ BLISSE

»Nun begann er zu begreifen, dass die Liebe weder Gnade noch Illusion war; vielmehr hielt er sie für einen Akt der Menschwerdung, einen Zustand, den wir erschaffen und dem wir uns anpassen von Tag zu Tag, von Augenblick zu Augenblick (...).«
Aus »Stoner« von John Williams

PROLOG

WENN HERR GRUNDMANN FRANZISKA SAGT, denkt er an die Franken, die ihre Streitaxt Franziska nannten. Wenn eine Frau Franziska heißt, kann sie also bestimmt für sich kämpfen. Sie ist so frei. So frank und frei. Ohne Hemmungen, ohne Scheu. Frei, freier, am freiesten. Francoise, Francesca, Francisca, Franeka oder Franetti, so eine Franziska kennt man in der ganzen Welt und gibt ihr Kosenamen wie Franzis, Franni, Francis, Fran, Ziska, Ciska oder Zis, wenn man es denn tut.

Nicht so Herr Grundmann.

Er denkt an das Frankenlied, selbst das kennt Herr Grundmann, zumindest in Auszügen, zumindest den Anfang. Zu allem fällt ihm etwas ein. Etwas, das er irgendwo aufgeschnappt hat. In den Büchern, in Nachschlagewerken, in der Zeitung, auf Werbeschildern, Plakaten, Herr Grundmann sammelt alles, was er liest.

Er stapelt es in seinem Gehirn, wo es unsortiert herumliegt und vor sich hin modern würde, wenn es sich nicht plötzlich, je nach Anlass, in Erinnerung rufen könnte. Denn das ist das Phantastische: es gibt nichts, was er je vergisst. Auch nicht das Frankenlied, »wohlauf, die Luft geht frisch und rein, wer lange sitzt, muss rosten. Den allerschönsten Sonnenschein lässt uns der Himmel kosten.« Herr Grundmann findet, dass die Zeilen zu einer, die Franziska heißt, eigentlich gut passen müssten. Es ist der Franziska doch wie auf den Leib geschrieben, dieses Lied. Der Franziska, welcher Franziska? Wenn man ihn fragen würde, würde Herr Grundmann sagen, papperlapapp. Er hat doch nicht die Franziska gemeint. Es war nur der Name, über den er nachgedacht hat.

WENN HERR GRUNDMANN FRANZISKA SAGT, erinnert er sich ganz bewusst daran, dass es andere Namen gibt. Königsberg zum Beispiel. Das ist nicht nur der Name der Stadt, in der Immanuel Kant sein ganzes Leben verbrachte und jeden Tag spazieren ging, sondern auch der, den Herr Grundmann seinem Hund gegeben hat. »Königsberg, komm.«

Gassi gehen, wie gut das hier passt. An dem Ort, in dem Herr Grundmann lebt, sind die Straßen wirklich noch Gassen und Gässchen, eng und schmal, gepflastert mit buckeligen Steinen, die er gern Katzenkopfpflaster nennt, weil das altmodisch klingt. Herr Grundmann mag veraltete Begriffe, mehr noch, er sammelt sie. Er hütet sie wie kleine Schätze und lässt sie sich ab und zu auf der Zunge zergehen. Worte wie Chaiselongue, Damenwahl, Droschke, Erdapfel, garstig, Griesgram, Halunke, Herrengedeck, Kavalier, Kleinod, Ladenhüter, Müßiggang, Nasenfahrrad, Oberstübchen, Quacksalber,

Pantoffelheld, Ranzen, Ratzefummel, Rüpel, saumselig, Sommerfrische, Stelldichein, Suppenkasper, Wohlgemut, Zaster, Zwist und eben auch Katzenkopfpflaster sind ausgesuchte Leckerbissen. Sie haben Seltenheitswert. Und sind sie nicht schön?

So altbacken und schön wie die Häuser in dem Ort, in dem Herr Grundmann lebt, es sind noch Fachwerkhäuser. Ja, dieses Städtchen sieht aus, als wäre es im letzten Krieg vergessen worden. Hier wurde nichts bombardiert, alles blieb unzerstört. Und wenn man jetzt einmal die Menschen mit ihrer Kleidung, den Autos und Handys wegdenkt, scheint die Zeit stehengeblieben. Man weiß nicht, in welchem Jahrzehnt, nicht einmal mehr, in welchem Jahrhundert man sich befindet. Wie eh und je rauscht der Fluss durch die kleine Stadt, die er durchschneidet. Wie eh und je sind seine Ufer von ihren Gassen und Häusern gesäumt.

Wenn man Herrn Grundmann nun fragen würde, wie lange er denn hier lebt, würde er ohne Zögern antworten: Schon immer. Egal, ob das stimmt, denn es fühlt sich so an. In gewisser Hinsicht hat Herr Grundmann das Gespür für Zeit inzwischen verloren. »Das liegt am Rauschen des Flusses«, sagt er und »Komm, Königsberg, komm!«

WENN HERR GRUNDMANN FRANZISKA SAGT, kann er nicht umhin festzustellen, dass eben noch alles wie immer war.

Eben noch ist er mit Königsberg spazieren gegangen, wie jeden Tag um dieselbe Zeit. Immer denselben Weg, der am Rand des Städtchens beginnt, um sich in den Wäldern zu verlieren. Im Wald wird Herrn Grundmann die Zeitlosigkeit, in der er eingesponnen lebt, noch deutlicher. Der Wald existiert fern von der Welt, ganz für sich, ja, Herrn Grundmann ist, als würde er einen eigenen Raum, ein eigenes Reich betreten, wenn sich das Dach der Blätter über ihm schließt. Wie es das Licht siebt und fächert. Wie unwirklich das erscheint. Als würde das Laubwerk im Halbdämmer vor sich hinträumen.

Nur wovon?

Das vermag Herr Grundmann nicht zu sagen. Er ist kein Träumer, das sollen Andere tun, die davon mehr verstehen, wie Stéphane Mallarmé. An die Nymphen, die er in seinem Gedicht »L'Aprés-midi d'un faune« besingt, muss Herr Grundmann jedes Mal im Wald denken. Es ist nicht so, dass ihre »weißen Leiber« mit dem »Rosenduft« nicht auch sein Begehren wecken könnten, egal, wie der Wind in den Bäumen zittert. Und flüstert. Herr Grundmann kann ihn hören. Und ja, er würde den Waldnymphen gerne einmal begegnen. Doch bevor es dazu kommt, öffnet sich das Blau des Himmels jedes Mal wieder über ihm, dass es fast blendet.

Herr Grundmann steht auf einer Anhöhe. Von hier hat er einen freien Blick, auch auf die hinter ihm liegende Stadt, in der er daheim ist. Heute funkelt sie blitzblank in der Sonne. Alle Häuser an ihrem Platz, stellt Herr Grundmann zufrieden fest, während er sie betrachtet. Ihn überkommt eine große Ruhe.

Er wird jetzt umkehren.

Denn obwohl es viele Wege gibt, die weiterführen, geht Herr Grundmann immer nur genau bis hierhin. Er ist nicht neugierig. Worauf? Was soll schon kommen? Der Weg wird weitergehen, der Wald wird weitergehen, irgendwann kommt ein neuer Ort mit Gassen, Häusern, Menschen, auch der Fluss steht nicht still. Was sollte dort anders sein? Nein, Herr Grundmann geht zurück. Königsberg ist an seiner Seite. Und niemand, wirklich niemand hätte angenommen, dass das Andere ihn eines Tages zu Hause erwartet.

WENN HERR GRUNDMANN FRANZISKA SAGT, schämt er sich, weil es sich nicht gehört, erst den Hausrat eines Menschen kennen zu lernen, dann die dazugehörige Person. Die Türen des Umzugswagens aber laden ihn geradezu ein, hineinzusehen, sie stehen sperrangelweit offen. Aus der Entfernung wagt Herr Grundmann einen Blick. Er registriert einen wuchtigen Biedermeierschrank, einen eleganten Jugendstilsekretär, eine Lampe mit einem Lampenschirm aus blauem, sehr blauem Stoff, einen Sessel in tiefem Weinrot und fragt sich, wie das zusammenpasst, als noch etwas seine Aufmerksamkeit erregt. Auf der anderen Seite des Umzugswagens, mitten auf der Straße, steht ein antikes Bett. Es ist aus Metall und hat eine hohe, verzierte, Rückenlehne. Es wird quietschen, wenn man sich hin- und herwirft, weil man im Bett nicht schlafen kann oder nicht allein ist, was auch immer, Herr Grundmann will es nicht wissen. Denn wo kämen wir hin, wenn man das

Bett früher kennt als den Menschen. Und der Mensch, so viel ist Herrn Grundmann mittlerweile klar, wird eine Frau sein, bei diesen Gegenständen.

Eine Frau, Franziska.

Herr Grundmann, der hilflos auf der Straße vor ihrem Bett steht, fühlt sich wie ertappt, als sie jetzt aus dem Haus tritt. Aus seinem Haus, in dem er bis gestern nur mit Königsberg gelebt hat. Die Etage über ihnen war nicht vermietet, stand lange Jahre leer. Herr Grundmann wäre nicht auf die Idee gekommen, dass sich das ändern könnte, warum auch? Und jetzt verlässt diese Frau, deren Namen er noch nicht einmal kennt, wie selbstverständlich sein Haus, als wäre es ihres.

Sie ist flankiert von zwei baumgroßen Kerlen, stämmigen Burschen mit kräftigen Schultern und bärbeißigen Gesichtern, das werden die Möbelpacker sein. Wie Bodyguards sehen sie aus, wie Leibwächter der Frau, einer zarten Person, vor deren Bett Herr Grundmann wie blöde steht. Er kann sich nicht bewegen. Nicht einen Zentimeter auf das Haus zu, von dem er nicht mehr weiß, ob es noch das seine ist, sein kann.

Also ist es Franziska, die auf Herrn Grundmann zutritt, oder vielleicht bewegt sie sich auch nur auf ihr Bett zu, das sich zwischen ihnen befindet. Zwischen Franziska und Herrn Grundmann. Zwischen ihm und dieser fremden Frau.

Königsberg bellt.

Franziskas Leibwächter aber zögern und zaudern nicht, einer am Kopf- und einer am Fußende des Bettes, packen sie tatkräftig zu und tragen es weg. Herr Grundmann kann aufatmen. Er fühlt den freien Raum zwischen sich und Franziska wachsen.

Franziska scheint darauf keinen Wert zu legen, ganz im Gegenteil, sie kommt näher. Vertrauensvoll reicht sie Herrn Grundmann ihre Hand, die einen Moment zu lang in der Luft schwebt, bevor Herr Grundmann sie ergreift. »Franziska«, stellt sich Franziska vor und fragt gleich: »Wohnen Sie auch hier?« »Grundmann«, antwortet Herr Grundmann und nickt schwach.

WENN HERR GRUNDMANN FRANZISKA SAGT, ärgert er sich, weil sie auf seinem Kopf herumtrampelt. Dabei trampelt Franziska nicht. Sie trägt in ihrer Wohnung, auf Holzdielen, in der Regel keine Schuhe. Franziska läuft barfuß herum oder hat Socken an, je nach Wetter, je nach Jahreszeit, je nach Bedürfnis. Außerdem wiegt sie nicht schwer. Franziskas Schritt ist leicht, ein bisschen federnd, vielleicht. Es klingt, als würde der Dielenboden ein wenig unter ihr nachgeben, sich ihr anpassen, findet Herr Grundmann. Und er hört dieses weibliche Tun, obwohl, das ist Quatsch. Herr Grundmann weiß, dass man heutzutage nicht mehr so denken darf, ganz weltfremd ist er ja auch nicht. Herr Grundmann erledigt seinen Haushalt allein und trotzdem. Wie sie die Böden fegt und wischt, Geschirr abwäscht, Blumen gießt, Wäsche aufhängt, tripp, tripp und trapp. Sie ist eifrig. Ein fleißiges Bienchen. Tatsächlich summt dieses Bienchen bei der Arbeit. Trällert und singt, auch das noch. Herr Grundmann fragt sich, ob ihre Wohnung genauso aufgeteilt ist wie seine. Ob das Wohnzimmer über dem Wohnzimmer liegt, die Küche über der Küche, das Schlafzimmer über dem Schlafzimmer, hier stockt Herr Grundmann. Diese Vorstellung hat er nicht gern. Dass da ein Bett über seinem steht, mit einem Körper darin. Was tut dieser Körper? Wenn er wenigstens liest. Wenn er doch bitte schläft. Ob er schnarcht? Ob Franziska Herrn Grundmann schnarchen hört? Es kommt noch schlimmer. Natürlich wird sich ihr Bad über dem seinen befinden, und man weiß ja, wie gut Rohre Geräusche weiterleiten. Wird er in Zukunft hören, wie Franziska duscht oder badet? Wird sie seine Toilettenspülung hören? Herr Grundmann wagt gar nicht, daran zu denken. Zumal er für das Schlafzimmer schon bald den Beweis hat. Herr Grundmann stellt seinen Wecker ja immer auf halb acht. So erwacht er eines Morgens, pünktlich und irritiert. Was ist das für ein Vogelkonzert, das sich lautstark in das mechanische Brummen seines Weckers mischt? Herr Grundmann ist noch nicht richtig wach und versucht sich zu orientieren. Er stellt seinen Wecker aus, aber das große Gezwitscher geht weiter, es kommt nicht von draußen. Es kommt aus der Wohnung über ihm, bis es abrupt verstummt. Herr Grundmann kann nicht fassen, dass Franziska zur selben Uhrzeit aufsteht wie er. Er kann nicht glauben, dass ihre Wecker ein Duo sind.

WENN HERR GRUNDMANN FRANZISKA SAGT, glaubt er, er hört nicht richtig! Er hat genüsslich in seinem Lesesessel Platz genommen und gerade die Zeitung entfaltet, als eine Tonleiter erklingt. Sie klettert die gesamte Klaviatur hinauf und vom höchsten Punkt aus wieder herunter. Absolut trittsicher, vollkommen schwindelfrei und zudem in rasantem Tempo. Herr Grundmann weiß, was das bedeutet.

Es werden nun mal keine Tonleitern auf Platten oder CDs eingespielt, man bekommt sie auch nicht im Radio zu hören. Nein, Herr Grundmann braucht sich nichts vorzumachen: Franziska hat ein Klavier. Und obwohl er ein ausgesprochener Liebhaber von Musik ist, will Herr Grundmann davon nichts wissen. Er fragt sich stattdessen, ob sie das überhaupt darf, Franziska. Darf sie hier einziehen, ein Klavier mitbringen und einfach so darauf spielen? Gibt es für so etwas keine Hausregeln, wie etwa für die Haltung von Tieren? Herr Grundmann sieht schuldbewusst auf Königsberg. Ich habe einen Hund, sie ein Klavier, sagt er sich, kann man das vergleichen?

Ein Klavier ist ein Instrument bei dem auf Tastendruck eine spezielle Mechanik Hämmerchen gegen Saiten schlagen lässt, was das Klavier zugleich zu einem Tasten-, zu einem Schlag- und sogar zu einem Saiteninstrument werden lässt. Drei in Einem, schlussfolgert Herr Grundmann, kein Wunder, dass ihm das zu viel ist. Herr Grundmann war noch nie in der Lage, sich auf mehrere Dinge gleichzeitig zu konzentrieren. Er wird lesen, wenn er liest, und wenn es etwas zu hören gibt, dann heißt es für ihn nun mal zuhören. Und so lauscht er angespannt nach oben und fragt sich, was da jetzt noch kommt. Aber es ist ruhig. Als wären die Klänge nur dagewesen, um die Stille zu betonen, die Herr Grundmann so sehr schätzt. Schon ist die Tonleiter eine Erinnerung. Sie ist ja auch quasi aus dem Nichts über Herrn Grundmann hereingebrochen, er hatte ja noch nicht einmal ein Klavier im Umzugswagen gesehen, es hat auch nicht auf der Straße gestanden, nein, auf der Straße stand das Bett. Vielleicht hat Herr Grundmann sie sich also nur eingebildet, die Tonleiter, hier stockt er, dafür war sie zu perfekt gespielt. Virtuos, das muss man sagen. Ja, Herr Grundmann weiß, was das bedeutet.

Er kann sich nichts vormachen, so musiziert kein Laie. Und er fragt sich, wie oft Franziska üben wird. Täglich? In den Abendstunden? Etwa auch am Wochenende?

WENN HERR GRUNDMANN FRANZISKA SAGT, steht er wie zum ersten Mal vor seiner Haustür. Franziska hat ihr Klingelschild beschriftet.

Was für eine ausnehmend schöne Schrift! Gut leserlich, nicht zu groß, nicht zu klein, schnörkellos und doch formvollendet mit offenen Buchstaben und einem gewissen Schwung, der leicht nach rechts geneigt in die Ferne drängt. So schön, dass Herr Grundmann fast vergisst aufzunehmen, was da steht, nämlich Franziskas Vor- und Zuname und darunter ein Wort.

»Klavierlehrerin«, liest Herr Grundmann und hat ihre Schrift mit einem Schlag vergessen.

Wenn Herr Grundmann Franziska sagt, fühlt er sich ausgeliefert, ohnmächtig, hilflos. Er ist es nicht gewohnt, dass andere über ihn bestimmen.

Andere, wie Franziska.

Nein, Herr Grundmann hat sich das alles ausgesucht, sein Leben. Jeder Tag folgt Ritualen, Regeln, Gesetzen, die er entweder selbst aufgestellt hat oder zumindest befürworten kann. Alles ist durchgetaktet, aufs Sorgfältigste geplant, nichts dem Zufall überlassen. Selbst seine Gesundheit hat Herr Grundmann im Griff, er ist so gut wie nie und schon gar nicht ernsthaft krank. So ziemlich das Einzige, was in seinem Leben nicht vorhersagbar ist, sind die nächtlichen Träume, an die Herr Grundmann sich nicht erinnert. Bleibt nur das Wetter, das sein kann, wie es will, Herr Grundmann ist gut geschützt. Er hat ein Dach über dem Kopf, und genau das wird ihm jetzt zum Verhängnis. Warum muss dieses Haus auch so hellhörig sein? Warum ist Franziska so laut? Und warum muss sie ausgerechnet von zu Hause aus arbeiten? Sie öffnet mit dem Klingelschild ja der ganzen Stadt Tür und Tor!

Im Japanischen gibt es nur ein Wort für »Lärm« und »lästig«, denkt Herr Grundmann verzweifelt. Lärm und lästig als dasselbe zu bezeichnen, ist für ihn noch untertrieben. Er fühlt sich, als würde er ertrinken. Noch hält er seinen Kopf über Wasser, doch er spürt bereits, wie seine Kräfte nachlassen, Herr Grundmann wird sinken. Beim Ertrinken tritt der Tod durch Einatmen von Flüssigkeit ein, also bloß nicht atmen. Doch Atmen ist eine Notwendigkeit, ein Reflex, darüber kann niemand entscheiden.

Nicht willentlich.

Herr Grundmann wird Wasser einatmen, sich verschlucken und mehr Wasser einatmen. Wie sich das anfühlt, wenn Wasser die Luftröhre hinabläuft?

Es brennt.

Erst danach breitet sich Ruhe im Körper aus, als wäre man schwerelos, als würde man schweben. Was für ein trügerisch schönes Gefühl.

WENN HERR GRUNDMANN FRANZISKA SAGT, weiß er nicht, wie er seinen freien Wochentag, den Montag, überstehen soll. All diese Klavierschüler. All diese Klavierstunden. Er wird sich anpassen müssen. Doch wie geht das?

Herr Grundmann presst sich die Hände auf die Ohren, stopft Watte hinein, und Ohrstöpsel hat er sich auch gekauft. Mit den Stöpseln hört man den eigenen Atem. Wie ein Taucher kommt sich Herr Grundmann damit vor, das Meer rauscht in seinen Ohren wie sein eigenes Blut. So isoliert von der Welt möchte selbst ein Herr Grundmann nicht existieren, derart auf sich selbst zurückgeworfen. Hier gibt es nichts, nur den eigenen Widerhall. Nur den Schlag seines Herzens, den Herr Grundmann entsetzt wahrnimmt. Mechanisch klopft und pocht es ihm in der Brust, in den Ohren, als wäre es ein Metronom, womit Herr Grundmann wieder bei der Musik ist.

War Ludwig van Beethoven nicht im Alter gehörlos? Und war er es nicht, der in seinem Heiligenstädter Testament den Wunsch äußerte, sagen zu können, was ihm am Herzen lag: »Sprecht lauter, schreit, denn ich bin taub«? Herr Grundmann reißt sich die Stöpsel aus den Ohren. Zum Hören sind zwei Ohren erforderlich. Sie verfolgen die Bewegung von Schallwellen, und auch der Abstand dieser zwei Ohren ist im Übrigen wichtig, er spielt bei der Richtungswahrnehmung eine Rolle. Doch was sich Herr Grundmann auch immer erzählen mag, er kann sich nicht ablenken. In der Wohnung über ihm werden Tonleitern geübt.

Unbarmherzig holpern sie über die Tasten, wie ein Ochsenkarren über das Feld, mit den Etüden ist es nicht anders. Franziska versucht, ihnen voraus zu singen. Ihre helle, klare Stimme lockt wie ein Vogel, Herr Grundmann versucht ihr zu folgen. Auch die Klavierschüler stolpern unbeholfen hinter den Lockrufen her, bleiben am Feldrand hängen, im Gestrüpp, verheddern sich dort, strampeln Töne. Franziskas Gesang verstummt. Stattdessen beginnt sie zu klatschen. Los doch, weiter, scheinen ihre Hände zu sagen, immer im Takt. Wie von selbst setzen sich Herrn Grundmanns Füße in Bewegung. Sie beginnen den Boden zu stampfen.

Nanu! Wer trampelt denn hier auf den Holzdielen herum?

Es ist Herr Grundmann. Wie ein Ochse, den man

vor den Karren gespannt hat, pflügt er voran. Was tue ich hier?, bemerkt er. Gut, dass er seine Schuhe nicht trägt, so ist er von der Lehrerin und ihren Schülern hoffentlich nicht gehört worden.

WENN HERR GRUNDMANN FRANZISKA SAGT, verlässt er das Haus. Heute ist Dienstag oder Mittwoch, Donnerstag, Freitag oder Samstag, einer von Herrn Grundmanns Arbeitstagen, das macht keinen Unterschied. Auch für Königsberg nicht, der neben Herrn Grundmann her trottet. Das Städtchen wirkt noch ein bisschen verschlafen. Wach klingt allein der Fluss, der ihnen entgegen rauscht, er ist schon von Weitem zu hören. An seinen Ufern wartet das kleine Tabakmuseum, Herr Grundmann nennt es »das vergessene Museum«, es ist kaum besucht. Nur ab und zu finden Schulklassen hierher oder vereinzelt Touristen, ansonsten bleibt es ruhig. Schön ruhig, betont Herr Grundmann, ganz im Gegensatz zu seinem neuerdings eher lauten Zuhause. »Himmlisch ruhig«, murmelt er trotzig vor sich hin und blickt auf seinem allmorgendlichen Kontrollgang in die Vitrinen. Wie im Schneewittchensarg liegen die Exponate unter Glas, friedlich und still, als würden sie schlafen. Herr Grundmann kennt sie alle. Die Pfeifenköpfe aus Keramik, mit Hirschen, Putten, Blumen, bärtigen Gesellen, feinen Fräuleins, Clownsgesichtern und Totenköpfen handbemalt, die Tabakbeutel aus Leder und aus Stoff, die Opiumpfeife aus Elfenbein, die Wasserpfeife aus dem Orient, die Kürbispfeife, die Bambuspfeife, die Ton- und Meerschaumpfeifen, die Feuerzeuge, die Tabakdosen aus Gold und Emaille, die Zigarrenkisten aus Holz und Metall, um nur einige von ihnen zu nennen. So lange, wie er hier arbeitet, so oft, wie er sie angesehen hat, nickt er ihnen zu, als wären es gute Bekannte. Dabei passt Herr Grundmann streng genommen gar nicht zu ihnen. Er ist schließlich Nichtraucher. Doch wen interessiert das schon! Nicht einmal die Räuchermännchen, nicht einmal den Tabakmohren, denkt Herr Grundmann, schon wieder trotzig. Und überhaupt muss er sich jetzt am Empfang postieren. Er wird Besucher willkommen heißen, ihnen Eintrittskarten verkaufen und Informationshefte reichen, für die ein oder andere Frage zur Verfügung stehen und zwischendurch einen Blick auf die Bildschirme werfen, um zu kontrollieren, ob in den Aus-

Tabatiere Russland Moskau
1893 Tula-/Niello-Dekor
84 Zolotniki Silber (875er Silber)
Gold-Verzierung mit Hund
mit Beschaumarke – 1893 A.C.
Maße der Dose:
ca. 9,3 x 6,0 x ca. 2,7 cm
Gewicht: 102 Gramm

stellungsräumen auch alles mit rechten Dingen zugeht. Die meiste Zeit aber wird er lesen. Lesen, lesen, da ja doch keiner kommt. Den Kopf auf den Pfoten liegt Königsberg neben Herrn Grundmann. Es sieht aus, als wäre er mit dem Fußboden verschmolzen, als gehörte er zum Inventar.

Wie Herr Grundmann.

WENN HERR GRUNDMANN FRANZISKA SAGT, befürchtet er, dass sie sich noch in den Himmel raucht. Nach jeder Klavierstunde zieht sie an einer Zigarette, lässt Nebel aufsteigen. Immer tritt sie dafür auf den Balkon, so dass Herr Grundmann sie aus seinem Wohnzimmer heraus bemerkt, wie sie dort, leicht erhöht, steht, bei jedem Wetter. Franziska im luftigen Sommerkleid, Franziska im dicken Wollpulli, Franziska im gelben Regencape, in Sandalen, Winterschuhen, Gummistiefeln, so sieht Herr Grundmann sie. Wie sie ihren Kopf schief legt und sich eine Zigarette anzündet. Wenn seine Fenster geöffnet sind, hört Herr Grundmann auch das Klacken und Schnappen ihres Feuerzeuges, er sähe gern die Flamme. Eine rauchen, denkt er, wie absurd das ist, dass Franziska sich an der frischen Luft die Lunge verpestet, man weiß doch, wie gefährlich das ist. Das weiß ja selbst jemand, der im Tabakmuseum arbeitet! Es steht inzwischen doch auf jeder Zigarettenschachtel, wie kann sie das immer wieder ignorieren? Warum spielt sie so mit ihrem Leben? Und wie kann sie bei diesem Spiel nur so gut aussehen? Herr Grundmann hat Franziska auch schon rauchend vor der Haustür angetroffen. Franziska mit einem Glimmstängel zwischen den Fingern, die ihn grüßt und lächelt und unverdrossen weiter raucht, etwas hastig meistens. Das Rauchen steht ihr. Sie ist da nicht die Einzige.

Ja, seit Herr Grundmann Franziska kennt, sind für ihn alle Frauen, die rauchen, irgendwie Franziska. Die rauchende Katherine Hepburn zum Beispiel, von Kopf bis Fuß so lang gestreckt und schmal wie ihre Zigarette, eine Franziska. Die rauchende Romy Schneider von keck bis traurig, eine Franziska. Die rauchende Charlotte Rampling, mit Hut plötzlich androgyn, eine Franziska. Die rauchende Charlotte Gainsbourg, auch beim Rauchen noch verletzlich, eine Franziska. Ob Franziska rauchen wird bis ins hohe Alter? Ist die rauchende Virginia Woolf mit grauen Haaren, Knoten im Nacken und Zigarettenspitze, ernst, nachdenklich, auch eine Franziska? Sie ist es!

Das Leben ist ein Spiel. Wenn es nicht so tödlich wäre, würde Herr Grundmann sich auch gerne einmal eine Zigarette anzünden, mit schief gelegtem Kopf das Feuer, vorm Wind gut geschützt, in den Händen halten und ein paar Wölkchen in den Himmel steigen lassen.

WENN HERR GRUNDMANN FRANZISKA SAGT, begegnet er der Bäckersfrau. Er verlässt gerade das Haus, um sich eine Zeitung zu holen, als sie bei Franziska klingelt. »Sie hier?«, fragt Herr Grundmann überrascht.

Er ist seit Jahren Kunde der Bäckerei, die die Bäckersfrau gemeinsam mit ihrem Mann betreibt, der hinten, in der Backstube, arbeitet. Die Brötchen werden hier noch von Hand gebacken, und die Bäckersfrau, die Herrn Grundmann stets selbst bedient, hat ein Gesicht, das wirkt wie vom Brotofen erhitzt. Ganz rosig ist es. Jedes Mal sagt sie »Einen schönen guten Tag Herr Grundmann«, was ihm gefällt. Herr Grundmann mag, dass sie den Tag nicht nur als gut, sondern auch als schön bezeichnet. Und er schätzt es, dass sie seinen Namen kennt und nennt. Ansonsten aber, und das ist wichtig, lässt die Bäckersfrau ihn in Ruhe. Sie redet nicht über das Wetter und belästigt Herrn Grundmann auch sonst nicht mit Mitteilungen oder Fragen.

Nein, sie hat von Anfang an begriffen, dass er sich nicht unterhalten möchte, und belässt es dabei. »Was darf es sein?«, fragt sie schlicht, manchmal nimmt Herr Grundmann etwas Süßes. Eine Apfeltasche zum Beispiel, mit Zucker ummantelt. In der Regel aber entscheidet er sich für Brötchen, meistens für Brot, die Bäckersfrau reicht ihm das Backwerk über die Theke. Sie hat Hände mit kurzen Fingern, die wie gestutzt aussehen. Kräftige Hände, die arbeiten können, zupackende, sachliche Hände, möchte Herr Grundmann meinen, und eben das beschäftigt ihn jetzt. Denn diese Hände sollen zum Klavierspiel hier sein? Wie ist das möglich!

Herr Grundmann hat kein Interesse mehr an einer Zeitung. Stattdessen eilt er zurück in seine Wohnung und nimmt überstürzt im Lesesessel Platz. Ja, Herr Grundmann sitzt dort in Hut und Mantel! Königsberg bellt und bellt, er will sich nicht beruhigen. »Pscht, Königsberg, nun aber pscht«, befiehlt Herr Grundmann. Schließlich möchte er den Anfang der Klavierstunde nicht verpassen. Was die Bäckersfrau wohl spielt?

Vorsichtig greifen ihre praktischen Hände in die Tasten. Zögerlich und suchend klingen die ersten Töne an, als wären sie eine Illusion. Eine optische Täuschung. Ein geisterhafter Traum?

Das ist »Claire de Lune«! Herr Grundmann hat längst erkannt, das ist Claude Debussy. Debussy, dessen Vater erst ein Steingut- und Porzellangeschäft führte und später als Buchhalter bei der Eisenbahngesellschaft arbeitete. Debussy, der nie eine Schule besuchte. Debussy, für den die Musik da beginnt, »wo die Worte enden«. Herr Grundmann ist sich plötzlich nicht mehr sicher, ob er bei der Bäckersfrau in Zukunft noch einkaufen kann. Jetzt, wo er darüber unterrichtet ist, wie sie spielt, scheint ihm das zu intim. So, als hätte die Bäckersfrau ihm ungewollt ein Geheimnis verraten. Sie weiß ja nicht, dass Herr Grundmann ihr zuhört, ja, regelrecht lauscht. Und er schämt sich noch nicht einmal dafür. Was ist nur in letzter Zeit los mit ihm?

WENN HERR GRUNDMANN FRANZISKA SAGT, muss er sich zur Raison rufen, er geht zum Friedhof. Herr Grundmann liebt Friedhöfe, ihre Gräber in Reih und Glied. Ihre Steine, ihre Bäume, ihre Blumen, ihre Wege. Seine Schritte auf dem knirschenden Kies.

Doch eigentlich sind Begräbnisstätten dafür da, sich auf eine Bank zu setzen, die Augen zu schließen und ruhig zu werden. Jeder Friedhof ist ein Ort der inneren Einkehr. Ein Hof des Friedens, wie sein Name schon sagt, Herr Grundmann nennt ihn am liebsten Gottesacker. Er weiß nicht recht warum, hat er es doch nicht mit Gott, auch nicht mit dem Tod, wahrscheinlich aber mit dem Acker, auf dem man etwas säen kann: fruchtbare Gedanken.

Heute denkt Herr Grundmann an Rainer Maria Rilke. Rilke, der eigentlich René Karl Wilhelm Johann Josef Maria hieß, was kaum jemand weiß. Wie auch kaum jemand ihn auf Fotos erkennt, man glaubt, ein Mädchen zu sehen. Mit langen Haaren, im hübschen Kleid, ist das nicht die Tochter von Sofie Rilke? Ihre Tochter starb. Deshalb musste der Sohn in seinen ersten Lebensjahren als Ersatz herhalten, armer Rainer Maria. »Man muss abseits gehen in irgendeine unzugängliche Stille«, schrieb er und »vielleicht sind die Toten solche, die sich zurückgezogen haben, um über das Leben nachzudenken«. Herr Grundmann erschrickt. Wird an dieser Stelle etwa über ihn gesprochen? Herr Grundmann schüttelt seinen Kopf, dem wird er sich verweigern. Er ist doch nicht tot! Und er war auch schon lange nicht mehr auf dem Friedhof, viel länger als sonst. Um genau zu sein die ganze Zeit über nicht, seit Franziska im Haus wohnt und Herrn Grundmann das Leben widerfährt.

WENN HERR GRUNDMANN FRANZISKA SAGT, hört er sie husten. Das hat schon gestern Abend angefangen und seitdem nicht nachgelassen. Wenn eine Franziska heißt, dann sollte sie weniger rauchen, das ist doch kein Husten mehr! Franziskas Lungen bellen. Und Königsberg bellt mit. Herr Grundmann fühlt sich selbst ganz durchgehustet, ganz durchgebellt, nach dieser Nacht. Immerhin ist heute Montag, er könnte im Bett bleiben, wie Franziska.

Vorsichtshalber kramt er schon mal die Mütze heraus, die er immer aufsetzt, wenn ihn eine Erkältung erwischt. Es ist eine Jakobinermütze mit herabhängendem Zipfel, der nach vorne geschlagen wird, so dass er in die Stirn fällt. Zugegeben, sie ist nicht unbedingt kleidsam, doch darauf kommt es nicht an. Die revolutionären Jakobiner trugen sie schließlich als Symbol der Unabhängigkeit, ja, der Freiheit, als solches hat es sich durchgesetzt und als Souvenir eines Aufenthaltes in Paris bei Herrn Grundmann Aufnahme gefunden. Die Mütze tut gute Dienste. Sie ist aus Wolle, sie hält besonders warm. Deshalb trägt Herr Grundmann »seinen Jakobiner« inzwischen immer, wenn er kränkelt, nur im Bett. So wie jetzt, dabei ist Herr Grundmann nicht erkrankt, Franziska ist es!

Sie braucht eine Hühnersuppe. Die Brühe vom Federvieh ist überall auf der Welt bekannt. Zum Beispiel in der jüdischen Küche, in der sie nicht nur nicht fehlen darf, weil sie kein Blut enthält, keine Sahne und keine Butter. Nein, diese koschere Speise wird wegen ihrer heilenden Eigenschaften auch als das »jüdische Penicillin« bezeichnet. Sie enthält gesunde Inhaltsstoffe wie Vitamine, Eisen und Zink und blockiert die Aktivität bestimmter weißer Blutkörperchen, die Entzündungen und Schwellungen der Schleimhäute auslösen können. Mit diesem Wissen kommt sich Herr Grundmann vor wie ein Apotheker. Indem er für Franziska kocht, rührt er Medizin an. Ob sie auch wirkt?

Es reicht ja schon, wenn sie von innen wärmt. Und um ehrlich zu sein, könnte Herr Grundmann jetzt selbst eine Tasse Suppe vertragen. Ein Tellerchen zur Stärkung. Ihm ist ganz flau, als er nach getaner Arbeit endlich bei Franziska klingelt. Das hat er noch nie getan, er war noch nie bei ihr, oben. Es dauert etwas, bis sie die Tür öffnet.

Franziska sieht verloren aus, wie sie im Türrahmen

steht, klein und schmächtig. Bleich im Gesicht mit müden Augen. Franziska im Pyjama, Filzpantoffel an den Füßen. Was schaut sie Herrn Grundmann so verwundert an? Sie blickt ja noch nicht einmal auf den Suppentopf in seinen Händen! Sie sieht auf seinen Kopf, an dessen Bedeckung sich Herr Grundmann jetzt erst wieder erinnert. In seinem Eifer hat er die leuchtend rote Mütze doch tatsächlich vergessen. Wie peinlich! Was soll er tun?

Herr Grundmann sagt »Chapeau!« und verneigt sich vor Franziska. Ja, er bleibt in gebeugter Haltung vor ihr stehen, damit sie die Mütze direkt vor Augen hat. »Sie hilft gegen Erkältungen«, erklärt er und Franziska ist so frei. Sie fischt ihm die Jakobinermütze vom Kopf und setzt sie sich auf, als wäre das nichts Ungewöhnliches, als wäre das selbstverständlich. »Und was ist mit dem Topf?«, fragt sie forsch. »Ach«, seufzt Herr Grundmann, der sich aufgerichtet hat und ganz in den Anblick von Franziska vertieft ist. Franziska mit seinem Jakobiner! Er reicht ihr die Suppe. »Schön aufessen«, empfiehlt er, »das macht gesund« und dreht sich auf dem Absatz um. Ja, Herr Grundmann steigt die Treppe wieder hinunter.

»Das ist aber nett«, tönt es in seinem Rücken, »Merci, Monsieur!« Herr Grundmann hört nicht. Den Anblick von Franziska mit Jakobinermütze, den wird er nicht vergessen, der hat in ihm gezündet. Möglich, dass er eine Revolution auslöst.

WENN HERR GRUNDMANN FRANZISKA SAGT, steht er »still und stumm«, wie »ein Männlein im Walde«. Er hat mit Königsberg den üblichen Spaziergang unternommen. Sie sind auch an der Lichtung vorbeigekommen, die tief in den Wald gebettet liegt. Sie ist klein und kreisrund, als hätte der Wald hier ein Loch in den Himmel gesägt, der über ihr steht, wie ein blauer, himmelblauer See.

Hier stockt Herr Grundmann.

Da ist doch irgendwer auf der Wiese.

Zweifelsohne hat sich dort jemand im Gras ausgestreckt. Die Arme hinter dem Kopf verschränkt liegt ein Körper, wie dahin gegossen, im satten Grün, wie dahin geträumt. Schlafend womöglich, Herr Grundmann kann das nicht genau erkennen, er ist zu weit entfernt, doch sein Herz klopft schneller.

Das ist Franziska!

Und sie hat ja recht. Dies ist der perfekte Tag, um

auf einer Sonneninsel im Licht zu baden. Nur bringt sie Herrn Grundmann damit in Verlegenheit. Er kann nicht weitergehen, wie sollte er? Die Äste unter seinen Füßen werden knacken, die Zweige knistern. Er wird Franziska erschrecken, gar wecken, das will er unter keinen Umständen.

Deshalb steht er jetzt still und stumm im Wald, er hat den Text des Kinderliedes im Kopf. »Sagt, wer mag das Männlein sein. Das da steht im Wald allein«. August Heinrich Hoffmann von Fallersleben hat damit allerdings einen echten Waldbewohner, nämlich eine Hagebutte oder aber einen Fliegenpilz gemeint, Herr Grundmann ist keins von beidem. Er kommt hier nicht weiter.

Königsberg ergreift die Initiative. Von jetzt auf gleich stürmt er auf die Lichtung. »Königsberg«, befiehlt Herr Grundmann und will ihn noch halten, »bei Fuß«. Doch Franziska schreckt schon hoch. Der Zauber ist verflogen.

Sie ist es nicht! Nicht Franziska.

Wie ist das möglich? Wie konnte Herr Grundmann annehmen, dass sie es ist? Und wie kann sie es jetzt nicht sein? Als würde er gegen Windmühlen ankämpfen, rudert Herr Grundmann mit seinen Armen in der Luft. »Verzeihung«, ruft er lautstark, und »Verwechslung«.

Wenn Herr Grundmann Franziska sagt, steht er unverhofft vor dem Spiegel. Sein Äußeres hat ihn nie sonderlich interessiert, Herr Grundmann weiß nicht, ob er attraktiv ist. Aber wer kann das beurteilen, etwa die Natur?

Was die Natur nicht alles tut, um begehrenswert zu erscheinen und sich damit eine Fortpflanzungschance zu sichern, staunt Herr Grundmann. Pärchen des afrikanischen Seeadlers beispielsweise packen sich im Flug an den Krallen und schlagen hoch in der Luft gemeinsam Saltos, allein die Vorstellung dieser halsbrecherischen Artistik macht Herrn Grundmann schwindelig. Aber auch die Balz der Fregattvögel ist spektakulär. Die Männchen legen ihren Kopf in den Nacken und blähen ihren scharlachroten Kehlsack auf, dass man fürchtet, er müsse platzen. Ob das jedoch schön aussieht? Herr Grundmann hat da so seine Zweifel.

Prüfend streicht er über sein glattrasiertes Gesicht, auch ein Friseurbesuch wäre von Vorteil. Wenn das alles wäre.

Die Laubenvögel im Regenwald von Australien und Neuguinea errichten nestähnliche Bauwerke, um zu beeindrucken. Die einfache Ausführung besteht in einer bloßen Anordnung von Zweigstücken und Blättern auf einer Waldlichtung, die Luxusversion aus kunstvoll errichteten Gebäuden, mit Blumen geschmückten Vorhöfen und Alleen. Und möglicherweise ist das alles, die ganze Arbeit, umsonst. Höchstwahrscheinlich wählt die Dame der Vogelwelt, um die geworben wird, einen anderen Baumeister. Dabei hat Herr Grundmann durchaus etwas zu bieten. Er ist nun wirklich nicht vermögend, aber er hat ein Auskommen, von dem man leben kann, dazu ein Heim, und es ist nicht so, dass er nicht Verantwortung übernehmen könnte, siehe Königsberg.

Doch die Natur ist grausam. Bei den Feldhasen ist die erste Disziplin im Wettkampf um die Begattung ein Rennen bei dem mehrere Rammler eine Häsin verfolgen. Der Schnellste darf sich jedoch nur mit ihr paaren, wenn er auch im anschließenden Ringen siegt. Herr Grundmann hat sich nur einmal auf dem Schulhof geschlagen und ist mit ein paar blauen Flecken davon gekommen, aber ohne das Mädchen, um das es ihm ging. Die Natur ist ungerecht.

Manchen gibt sie keine Paarungschance. So ordnen

sich alle Gorillas ihrem Anführer, dem Silberrücken, unter. Er besitzt das alleinige Recht zur Fortpflanzung. Was ist Herr Grundmann froh, dass er trotz Körperbehaarung ein Mensch ist und im Übrigen noch lebt! Vor allem bei den Insekten hat ja ein männliches Wesen nach erfolgreicher Begattung sein Lebensrecht verspielt. Die Weibchen der Leuchtkäfer Photinus beginnen gleich nach der Paarung mit der Verspeisung ihrer Gatten. Um ehrlich zu sein, möchte Herr Grundmann lieber nichts mit der Natur zu tun haben.

Nicht im Moment.

WENN HERR GRUNDMANN FRANZISKA SAGT, fragt er sich, wie dieser Klang entsteht. Die Tasten des Klaviers, so scheint es ihm, werden überall gleichzeitig angeschlagen. In der Höhe, in der Tiefe, mit vollem Klang. Das kann unmöglich eine Person sein, die spielt. Vierhändig, bemerkt Herr Grundmann und überlegt, wer der Schüler ist, mit dem Franziska dies tut. Die beiden machen das nicht mal schlecht. Sie klingen gar nicht so sehr nach Schüler und Lehrer, eher gleichwertig, obwohl man die Stimmen unterscheiden kann. Die eine gibt sich etwas lauter, gröber, ruppiger, das wird der Schüler sein. Keine Schülerin, wohlgemerkt. Herr Grundmann glaubt nicht, dass ein Mädchen oder eine Frau so maskulin spielen würde, auch wenn das ein konservativer Gedanke ist, was ihn stört. Und dieser Schüler ist nicht jung, dafür ist sein Spiel zu ausgereift, zu erfahren, zu erwachsen. Ja, Herr Grundmann ist felsenfest davon überzeugt, dass der Schüler ein Mann ist. So wie Franziska eine Frau ist, er versucht den Gedanken zu verscheuchen. Was ist das nur für ein Stück, das die beiden spielen? Herr Grundmann kennt es nicht, es könnte von Edvard Grieg sein, die Musik klingt ein bisschen wie Volksmusik, Tanzmusik und dazu etwas fremd. Nordisch fremd, würde Herr Grundmann sagen, wenn so etwas denn zu hören ist, aber das ist es. So wie männliche Hände. Neben weiblichen Händen, denkt Herr Grundmann und fragt sich, wie er sich das vorzustellen hat. Ihre Hände neben denen des Schülers. Wie sehen Franziskas Hände eigentlich aus? Herr Grundmann muss passen. Dabei erinnert er sich selbst an die Hände der Bäckersfrau, wie sie ihm Brötchen oder Brot in der Tüte reichen, oder auch eine Apfeltasche. Bei Franziska aber bleibt er mit seinen Blicken immer schon in ihrem Gesicht hängen. Er kennt ihre Hände nicht, und das, obwohl gerade die Hände wesentlich für eine Klavierlehrerin sind, muss Herr Grundmann beschämt zugeben. Aber die des Mannes neben ihr, die kann sich Herr Grundmann gut ausmalen. Sie werden kräftig sein und behaart, wie Männerhände eben so sind. Herr Grundmann sieht auf seine eigenen Hände herunter. Sie sind schmal, feingliedrig, eher zart. Er hat sie immer als weiblich empfunden, um nicht zu sagen weibisch. Aber wären seine Hände nicht besser zum Klavierspiel geeignet als die des Mannes, mit dem Franziska momentan musiziert? Zwei Hände für die höheren und zwei für die tieferen Lagen des Klaviers. Welche Franziska spielt? Die höhere,

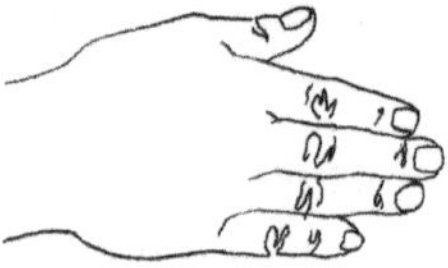

ursprünglich – elementar

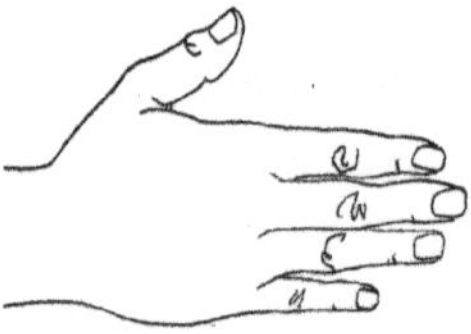

eckig – nützlich

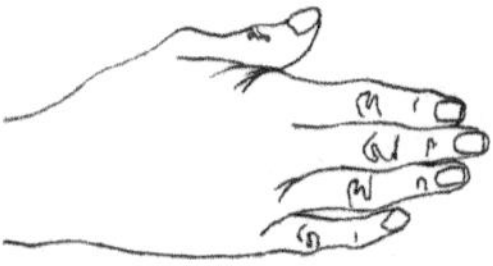

knotig – philosophisch

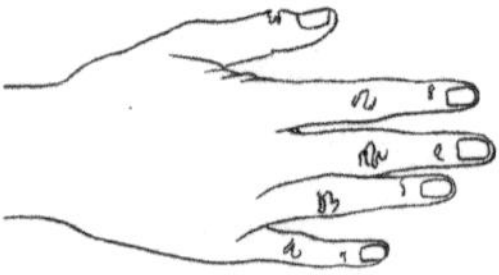

ideal – empfindungsstark

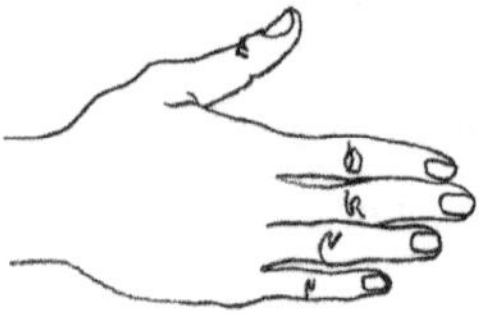

konisch – gefühlvoll

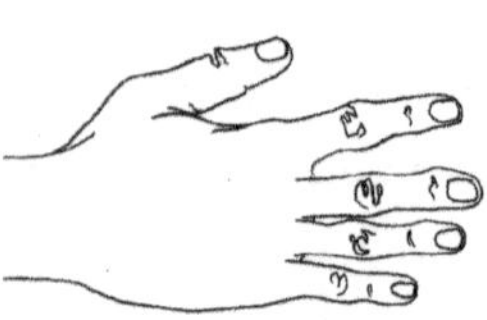

spatelförmig – praktisch

natürlich. Ist das nicht immer so? Aber das ist eben wieder so eine klassische Zuordnung, die Herrn Grundmann ärgert und überhaupt. Wie sitzt man eigentlich, wenn man vierhändig spielt? Herr Grundmann kommt dagegen nicht an. Sitzt man zu zweit auf einem Klavierstuhl? Das kann doch nicht sein, doch das ist so. Es gibt in der Tat Klavierbänke, auf denen das möglich ist. Jetzt reicht es Herrn Grundmann endgültig, er hat einen heißen Kopf. Ein heißes Gesicht. Er muss unbedingt an die frische Luft. »Königsberg«, japst er. Königsberg springt auf. »Es ist Zeit für einen Spaziergang außer der Regel.«

WENN HERR GRUNDMANN FRANZISKA SAGT, geht er neugierigen Schrittes in den Garten. Hier hat sie den ganzen Tag verbracht, Franziska. Herr Grundmann hat ihren gekrümmten Rücken gesehen, sie saß in der Hocke. Ein Spaten lag neben ihr und eine Harke. Eine Gießkanne stand neben ihr und ein Sack Dünger. Franziska hat die meiste Zeit über mit den Händen gearbeitet, an denen sie grobe Handschuhe trug. Sie hatte sich ein Kopftuch umgebunden, alles in allem war das ein ungewohnter Anblick: Franziska, die Gärtnerin.

Herr Grundmann ist sich sicher, dass Gott Gärtner lieben würde, wenn es Gott denn gäbe. Ist nicht jeder Garten ein Stück Eden? Und der Gärtner macht dieses Paradies erst wirklich, der Dank gebührt Franziska.

In einem sorgsam bemessenen Abstand hat sie kleine Löcher ausgehoben und noch kleinere Pflanzen hineingesteckt. Sie hat sie gegossen, gedüngt und vorsichtig mit Erde angedrückt. Jetzt stehen die grünen Büschel da, als würden sie auf ihre Erfüllung warten.

Doch das kann dauern.

WENN HERR GRUNDMANN FRANZISKA SAGT, ist er plötzlich allein.

Moment mal, Herr Grundmann ist doch in gewisser Weise immer allein gewesen. Und ist es nicht auch natürlich, sind wir nicht alle allein? Wenn wir geboren werden, allein. Wenn wir sterben, allein. Mit Anderen, allein. Alleinstehende Frauen. Alleinstehende Männer. Ja, Herr Grundmann möchte betonen, dass er nicht von ungefähr in einem Museum arbeitet, das nur wenige Besucher zählt, an einem Ort, der nicht viele Einwohner hat, in einem Haus am Saum der Stadt, am Ende einer kleinen Straße, schon dem Wald zugewandt, sich in den Wäldern verlierend. Dieses Haus, in dem er bis vor kurzer Zeit allein war. Allein mit Königsberg, der für Herr Grundmann nicht richtig zählt, Königsberg ist ein Teil von ihm selbst. Allein also, bis sie kam, Franziska. Gestern noch hat er sie im Treppenhaus angetroffen. Gestern noch hat sie ihm auf Wiedersehen gesagt. Sie hat sich hingekniet, Königsberg gekrault und ihr »Ich verreise« angekündigt. »Morgen, sehr früh.« Und wie vorausgesagt ist sie heute zu nachtschlafender Zeit aufgebrochen. Als es draußen noch dunkel war, ist Herr Grundmann von der Haustür wachgeworden, die hinter Franziska ins Schloss gefallen ist. Seitdem liegt er im Bett, starrt mit offenen Augen ins Dunkel, kann nicht schlafen.

Irgendetwas ist anders.

Es ist still, viel stiller als zuvor. Und ist das Haus nicht auch kalt, seine Mauern, seine Wände, sind sie nicht kälter geworden?

Der Mensch ist ein soziales Wesen, sagt sich Herr Grundmann, er lebt in Bezogenheit, nur so verwirklicht er seine Natur. Nur so kann er überhaupt erst Mensch werden, wie Johann Gottlieb Fichte es ausdrückt hat. Fichte, der Immanuel Kant in Königsberg besuchte. Kant, der Fichte half, einen Verleger für seine Schrift »Versuch einer Critik aller Offenbarung« zu finden. Sie wurde anonym veröffentlicht und zunächst als Werk Kants angesehen, Herr Grundmann könnte ewig so dozieren. Er merkt ja selbst, dass er sein Wissen wie im Schlaf mechanisch abspult. Fichte, der die französische Revolution nicht nur begrüßte, sondern sie auch mit Revolutionsschriften unterstützte. Fichte, der sich im Laufe seines Lebens über Juden feindlich äußerte, spätestens hier hat Herr Grundmann mit ihm nichts mehr im Sinn. Was soll das auch? Herr Grundmann friert.

Die Kälte sickert unbarmherzig in ihn, sie hat etwas Schmerzhaftes, das er so nicht kennt. Alleinsein ist ja nicht mit Einsamkeit zu verwechseln, protestiert er. Doch das Dunkel um ihn herum wächst, es türmt sich geradezu über ihm auf; wie eine Kathedrale. Herr Grundmann fühlt sich in seiner Wohnung, in diesem Haus plötzlich fremd.

Ohne Franziska.

WENN HERR GRUNDMANN FRANZISKA SAGT, öffnet er vorsichtig die Tür. Als wäre er ein Einbrecher, tritt auf leisen Sohlen ein, er ist noch nie in Franziskas Wohnung gewesen. Er konnte kaum glauben, dass sie ihm ihren Schlüssel anvertraut hat. Sie möchte, dass er ihre Blumen gießt, während sie fort ist. Und bitte, hier ist Herr Grundmann.

Zaghaft sieht er sich um, behutsam, als könnte unter seinen Blicken etwas zerbrechen. Zum Glück entdeckt er die Pflanzen sofort. Seine Blicke klammern sich förmlich an das Grün, das im Wohnzimmer vor den Fenstern neben einer bereitgestellten Kanne auf ihn wartet.

»Nur im Wohnzimmer«, hat Franziska gesagt.

Nicht in der Küche, nicht im Bad und nicht im Schlafzimmer, also wird Herr Grundmann diese Räume auch nicht betreten. Aber hier im Wohnzimmer darf er sich aufhalten, hier steht ja auch das Klavier, an dem Franziska ihre Schüler unterrichtet. Das Wohnzimmer ist also gewissermaßen ein halböffentlicher Raum. Und das Klavier gehört so gesehen der Allgemeinheit. Mutig schlägt Herr Grundmann ein paar Tasten an und lauscht, wie die Töne nacheinander verklingen.

Wie sehr Franziska in dieser Wohnung fehlt, obwohl sie noch nicht lange abwesend ist. Das Wohnzimmer ist noch nicht erkaltet. Es ist noch nicht einsam, es nimmt an, Franziska würde gleich zurück sein. Es wird warten müssen. Nun, Herr Grundmann ist das gewohnt. In letzter Zeit fragt er sich oft, ob sein Leben nicht ein einziges Warten ist, worauf?

Jetzt sieht Herr Grundmann sich um.

Keine Sorge, er wird nichts berühren. Aber schauen darf man, und ja. Er erkennt Einiges aus dem Umzugswagen wieder. Den Jugendstilsekretär, die Lampe mit dem blauen, sehr blauen Schirm und den weinroten Sessel, sie haben im Wohnzimmer ihren Platz gefunden. Eine eigenartige Kombination, findet Herr Grundmann damals wie heute. So eigenwillig wie alles in diesen vier Wänden. Franziska ist eine Sachensucherin, bemerkt Herr Grundmann. Sie liest die Dinge einzeln auf. Sie erkennt ihre individuelle Schönheit, nichts muss zusammenpassen, ein Jedes darf für sich stehen. Auch Menschen begegnet Franziska in dieser Art und Weise.

Menschen wie Herrn Grundmann.

Er wird die anderen Räume auch in den folgenden Tagen nicht betreten. Er wird auch weiterhin nichts wirklich berühren. Nur die Klinke. Die Gießkanne. Den Wasserhahn. Nur die Tasten des Klaviers. Und er wird die Stille registrieren, die sich immer tiefer in die Räume senkt, in den Räumen einnistet. Wie verwaist sie am Ende sind, obwohl doch alles hier von Franziska erzählt, oder gerade weil? Als könnten sie nicht glauben, dass sie wiederkommt.

Kommt sie wieder?

Wenn Herr Grundmann Franziska sagt, ist er fern von ihr. Ganz woanders. Einmal im Jahr geht auch er auf Reisen!

Er fährt mit Königsberg ans Meer. Immer zu derselben Zeit, immer an denselben Ort, immer in dieselbe Pension, immer in dasselbe Zimmer. Niemals ohne das Werk von einem Autor, den Herr Grundmann als einen der »Schriftsteller des Meeres« bezeichnet. Ein Buch von Herman Melville, Joseph Conrad, Jules Vernes, Ernest Hemingway oder Siegfried Lenz beispielsweise. Dieser Tage ist es Thomas Mann. Und Herr Grundmann überlegt doch tatsächlich, ob er nicht einmal den Kurs wechseln sollte, um sich im nächsten Jahr dorthin zu begeben, wo sich das Sommerhaus der Familie Mann befand, einmal in die Kurische Nehrung. Nach Nida, wo der Sage nach die schöne Riesin Neringa den Sand in ihrer Schürze herbeigetragen hat, um die Bewohner der Kuren vor dem »Wellenbläser«, dem Meeresgott

Bangputis, zu schützen. Ja, das Meer ist gefräßig, Herr Grundmann spürt es in diesem Urlaub genau. Es knabbert am Land, holt sich den Strand zurück, Herr Grundmann ruft nach Neringa.

Doch niemand hört ihn.

Und so tut er die Dinge, die er immer tut. Mit Königsberg unternimmt er endlose Spaziergänge am Strand, Herr Grundmann liest Muscheln auf. Was man hier so findet. Baltische Plattmuscheln, deren Schaleninnenseite meist rot gefärbt ist, weshalb man sie auch »rote Bohnen« nennt. Herzmuscheln, die, wie schon ihr Name sagt, unschwer an ihrem herzförmigen Querschnitt zu erkennen sind. Schwertmuscheln, deren auffallend langes und schmales Gehäuse überraschend zerbrechlich ist. Miesmuscheln, die herrlich grau bis blau-violett schimmern. Und nicht zuletzt Sandklaffmuscheln, deren ovale Form Herr Grundmann ganz besonders mag. Ja, er wird nicht müde, diese Schätze des Meeres immer wieder, immer neu zu entdecken. Sein Auge tastet den Boden ab, durchsiebt den Sand, lässt sich von Wellen umspülen und flutet zum Horizont, wo Herr Grundmann wieder bei Mann ist. »Das Meer ist keine Landschaft, es ist ein Erlebnis der Ewigkeit«, soll der einmal gesagt haben. Und sein Anblick setzt ja nicht nur die Zeit außer Kraft. Das Meer, so scheint es Herrn Grundmann, will kein Ende nehmen. In diesem Jahr fühlt sich er sich im Angesicht des Meeres klein, ihm schwindet der Boden unter den Füßen. Verloren steht er am Saum der Wellen.

Ihm fehlt etwas.

Das beginnt schon morgens, wenn Herr Grundmann, kaum erwacht, durch den Spalt der geöffneten Fenster das Meer riecht, schon das nimmt ihm den Atem. Und das will den ganzen Tag über nicht aufhören, es begleitet Herrn Grundmann auf Schritt und Tritt. Selbst in das »Café Strandgut«, in das er so gerne geht, um einen Windbeutel zu essen oder einen Krabbencocktail, um einen Friesentee zu trinken oder einen Grog und um zu lesen. Selbst jetzt kann ihn nichts richtig ablenken von der Enge in der Brust, von diesem Gefühl der Beklemmung, von einem Schmerz, den Herr Grundmann nicht fassen kann und wegstoßen möchte. Als wäre ihm hier plötzlich alles zu viel. Schon allein der Blick aus seinem Zimmerfenster in der Pension, auf den wellenumgaukelten Strand, in den windzerzausten Himmel und die rein gewaschene, klar gespülte Weite, in dieses Blau.

Es wäre doch auch etwas, das nicht nur für sich zu haben, sondern einmal zeigen zu können, darüber sprechen zu dürfen, diese Schönheit zu teilen, denn was ist Schönheit für einen allein? Darin kann man doch nur ertrinken. Und mal abgesehen davon, wird sie durchs Teilen ja nicht kleiner, nicht endlicher. Nur anders fühlbar vielleicht, verständlicher. Vielleicht käme sie einem auf eine neue Art näher.

WENN HERR GRUNDMANN FRANZISKA SAGT, muss er zugeben, dass ihr Lachen ihn an seine Mutter erinnert. Dabei ähnelt Franziska ihr ansonsten nicht im Geringsten, und das ist gut so. Von seiner Mutter hatte Herr Grundmann im Leben genug.

»Muttersöhnchen« haben sie ihn genannt, Herr Grundmann hat das Hänseln noch ihm Ohr, er wurde auch »der kleine Herr Grundmann« gerufen. Auf diesen Namen hat er sogar gehört. Er passte zu ihm. Ja, es kommt Herrn Grundmann wahrhaftig so vor, als sei er von der Stunde seiner Geburt an niemand anderes gewesen, als hätte er nichts anderes sein können als genau das: der kleine Herr Grundmann. Obwohl seine Mutter das sicher so nicht gewollt hat. Sie hatte es sich nicht ausgesucht, während der Schwangerschaft sitzengelassen zu werden, mit dem wachsenden Bauch.

Herr Grundmann wog bei seiner Geburt 3600 Gramm und war 52 Zentimeter lang, er war ein ganz normales

Baby. Er hätte ein ganz normales Kind werden können, ein ganz normaler Junge, ja, hätte er das?

Herr Grundmann hat seinen Vater nie kennengelernt, schlimmer noch, er weiß nichts über ihn, denn die Mutter sprach nicht von ihm. Nicht einmal, wenn Herr Grundmann wieder und wieder fragte, dann schüttelte sie nur müde ihren Kopf. Der Vater wurde totgeschwiegen.

Aber es musste ihn doch geben!

Als Kind dachte Herr Grundmann eine Zeit lang, der Vater sei der liebe Gott. Und die Mutter eine Jungfrau Maria, er machte den Fehler, diese Ansicht im Schulunterricht zu äußern. Was gab das für ein Gelächter! »Bist du Jesus?«, brüllten die Klassenkameraden, soweit hatte Herr Grundmann nicht gedacht. »Kinder Gottes sind wir alle«, nahm der Religionslehrer ihn in Schutz. Aber so hatte Herr Grundmann das nun auch wieder nicht gemeint. Er wollte den Vater persönlich haben, nur für sich.

Nur für die Mutter.

Sie strahlte immer eine leichte Traurigkeit aus, die alles sanft überschattete, der Kummer lag wie ein Schleier über ihr, der sich nicht lüftete. Wie ein Nebel, der sich nicht lichtete. Er entzog die Mutter der Welt.

Herr Grundmann fühlte sich dafür verantwortlich. Er spürte instinktiv, dass das Leid der Mutter mit ihm zu tun hatte, mit seiner Existenz, und wollte das wieder in Ordnung bringen. Er wollte der Mutter Gutes tun, sie vor Schlechtem bewahren, wie es ein Vater getan hätte. So wurde er zum Mann der Mutter, zum kleinen Herrn Grundmann. Sie merkte nicht, was da geschah, sie nahm es nicht wahr.

Die Mutter war wie eine russische Puppe.

Wie eine Matroschka, die aus mehreren Puppen besteht, die immer kleiner werdend ineinander geschachtelt sind, nur selten offenbarte sie das innerste aller Püppchen. Ihren Kern.

Immer dann, wenn sie lachte. Hell und klar.

Dann konnte man das junge Mädchen oder auch die junge Frau erkennen, die seine Mutter einmal gewesen sein musste. Sie lachte doch tatsächlich so unbändig, unbekümmert und frei wie sonst nur Franziska.

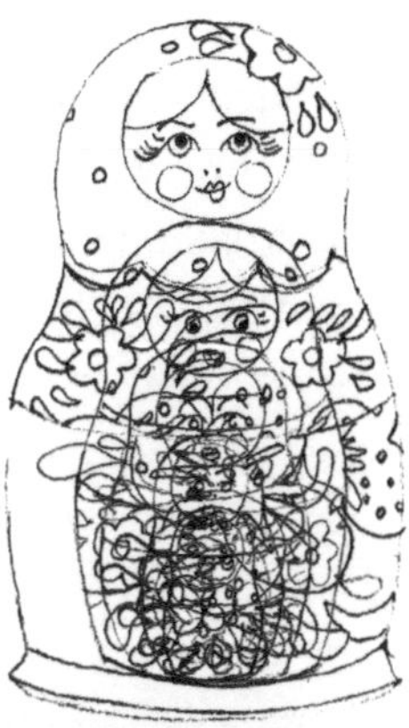

WENN HERR GRUNDMANN FRANZISKA SAGT, betont er, dass er nicht auf der Suche ist. Das hat er aufgegeben, das passiert ihm nicht wieder, es lohnt sich nicht.

Die Suche war ihm damals zur Besessenheit geworden. Ständig hielt er Ausschau und wusste doch gar nicht genau, wonach. Es gab ja keine Anhaltspunkte dafür, wer der Mensch sein konnte, von dem die Mutter nichts preisgab, der nichts hinterlassen hatte, was auf ihn schließen ließ. Nur den kleinen Herrn Grundmann, der seiner Mutter wie aus dem Gesicht geschnitten war, vom Vater hatte er keine Spur! Also konnte im Prinzip jeder Mann im entsprechenden Alter der Vater sein, sah nicht der Erdkundelehrer die Mutter in gewisser Weise an? Nicht, dass Herr Grundmann das gewünscht hätte. Der Lehrer war streng und roch nicht gut. Hatte er nicht eine Alkoholfahne? Und überhaupt. Welches Kind hätte schon einen Lehrer als Vater gewollt?

Vielleicht war stattdessen der Vater seines besten Freundes zugleich sein Vater. Es musste doch einen Grund dafür geben, dass er die Schulaufgaben beider Jungen kontrollierte, Herrn Grundmann oft über den Kopf strich und ihm sogar ein Fahrrad zum Geburtstag geschenkt hatte! Warum sonst sollte er so für ihn sorgen? »Na, weil Du keinen Vater hast, darum«, behauptete der Freund.

»Aber ich habe einen«, entgegnete Herr Grundmann trotzig. Auf der Erde gab es schließlich über sieben Milliarden Menschen. Und waren nicht alle miteinander verwandt? Es gab Wissenschaftler, die das behaupteten. Vielleicht erübrigte sich damit die Frage nach dem Vater. Von wegen. Die Vorstellung weltweiter Familienbande gab Herrn Grundmanns Wunsch nur neue Nahrung.

Selbst im Vorübergehen konnte ihm das ja passieren. War sein Vater der mit Brille, der mit Schlips, der in Klempnerhose oder der Zahnarzt, der seinen Mund inspizierte und dabei verlauten ließ: »Du hast genauso gute Zähne wie ich«? Herr Grundmann sah seine Mutter fragend an.

Sie schüttelte ihren Kopf.

»Du bist ein Grundmann, verkündete sie entschieden, »wie ich. Ich komme aus Westfalen«, fügte sie hinzu, »da gibt es die Husemanns, Siegmanns, Wesemanns, Zimmermanns und auch uns Grundmanns allerorten.«

Doch Herr Grundmann hörte ihr nicht zu. Er begriff nicht, dass die Mutter ihm etwas von sich erzählen wollte, er war ganz auf das »mann« in all diesen Namen fixiert. »Dann gibt es in Westfalen viele Männer?«, fragte er stur wie ein »westfällischer Dickköpp« und hatte doch eigentlich »Väter« sagen wollen. Herr Grundmann sprach eben immer nur von dem Einen.

Die Mutter war enttäuscht.

Doch die Frage nach seinem Vater ließ Herrn Grundmann lange nicht los. Ohne Vater zu sein, erschien ihm widernatürlich. Ohne Vater zu sein war eine Lüge. Eine Lüge, für die seine Mutter verantwortlich war. Nicht, dass Herr Grundmann ihr das je vorgeworfen hätte, dafür war sie zu verletzt. Bei Weitem zu traurig.

Und jetzt ist Herr Grundmann ohne Frau.

Die meisten in seinem Alter haben längst geheiratet, sind selbst Väter, haben Töchter und Söhne. Herr Grundmann nicht, er sucht nicht danach. Er wird gar nichts suchen, nach niemandem, damit das klar ist. Nein, wenn überhaupt, würde Herr Grundmann sich gerne finden lassen.

WENN HERR GRUNDMANN FRANZISKA SAGT, fragt er sich, woher sie gekommen ist, wo sie aufgewachsen sein mag, was sie wohl hergeführt hat, in dieses kleine, verschlafene Nest. Die überaus rege Franziska, was will sie an diesem Ort?

Herr Grundmann selbst stammt ja aus der großen Stadt, einer Stadt mit sage und schreibe 60 Museen! Nicht zu vergessen ihre 2500 Brücken. Ach, diese Stadt. Mit ihrem frischen Atem, salzgetränkt. Wind- und wellengepeitscht, Stadt mit Seehafen. Stadt mit Strand. Vielleicht war der Vater hier einfach nur kurz an Land gegangen und übers Meer wieder verschwunden im allzu blauen Blau, in einer Stadt am Wasser wäre das kein Wunder. So etwas kommt vor. Einer bleibt dann immer zurück, oder zwei.

Herr Grundmann lebte mit seiner Mutter in einer Beletage, die allerdings lange schon nicht mehr »bel« war. Das mehrstöckige Wohnhaus war ungepflegt, es lag an einer vielbefahrenen Straße. Tag und Nacht rauschten Fahrzeuge vorbei, Tag und Nacht kämpfte Musik dagegen an, Herrn Grundmann erinnert sich, dass sie immer nur im Zusammenspiel mit Krach erklang, als wäre sie selbst nichts als Lärm. Ja, die Mutter versuchte die Geräusche der Stadt mit orchestralen Werken und Opern zu besänftigen. Wagner zum Donnern des Presslufthammers einer Baustelle, Bizet zum Klackern der Absätze auf dem Pflaster, Verdi zum nächtlichen Stimmengewirr aus dem Lokal auf der gegenüberliegenden Straßenseite und Strauß, Strauß immer wieder die Alpensinfonie von Strauß zum ewigen Verkehr der Straße. Dazu arbeitete sie oft zu Hause, meist in den Nächten. Dann war ihre Schreibtischlampe eingeschaltet und beleuchtete die vielen Bücher und Papiere, die sich in der ganzen Wohnung stapelten und türmten. Herr Grundmann mochte sie gern riechen. Sie rochen ein wenig staubig und wenn nicht das, so doch zumindest trocken. Sie rochen alt. Er fand, sie rochen nach Weisheit.

Wie sehr Herr Grundmann die Mutter für ihr Wissen bewunderte. Sie arbeitete als Übersetzerin und sprach mehrere Sprachen fließend, Englisch, Französisch und Spanisch. Dazu sammelte sie Worte aus aller Welt. So nannte die Mutter Herrn Grundmann zärtlich »kullanmuru«, was »Schätzchen«, oder wenn man es wörtlich nimmt, »Goldkrümel« auf Finnisch heißt. Sie begrüßte ihn am Morgen auf Irisch, »maidin mhaith«, schickte ihn mit einer chinesischen Verabschiedung in die Schule, »zài jiàn«, wünschte ihm auf Russisch guten Appetit, »kuschaj nasdarow'je« und bettete ihn am Abend Japanisch, »oyasuminasai«. Wer hatte schon so eine Mutter! Sie war ein Talent, doch was half ihr das?

Herr Grundmann hatte seinen Hochschulabschluss noch nicht in der Tasche, als die Mutter an Brustkrebs erkrankte. Selbstverständlich blieb er bei ihr. Sie hatte ja auch an seinem Bett gesessen, als er Keuchhusten hatte, Mumps und später die Masern, doch das waren nur die klassischen Kinderkrankheiten. Die Krankheit der Mutter führte zum Tod. Am Ende lag sie umrahmt von all diesem Weiß der Klinik, das ihr immer näher rückte, bis es sie kalt umarmte. Die Mutter verlor inmitten dieser weißen Wände, weißen Betten, weißen Wäsche, weißen Vorhänge ihre Farbe, als würde sie von ihr abgezogen. Übrig blieb eine wächserne Blässe, angesichts derer sich Herr Grundmann kraftlos fühlte.

Wie betäubt.

Der Tod der Mutter kam einem Erdrutsch gleich. Herr Grundmann verlor den Boden unter den Füßen. Er verließ seine Heimatstadt gleich im Anschluss an die Beerdigung. Das Studium hängte er an den Nagel, wie man ein Kleidungsstück weggehängt hätte.

Er ging ohne Ziel.

Hauptsache weg, ob das reicht, für ein Leben? Wie Franziska das wohl sieht? Was hat sie hier nur zu suchen?

Wenn Herr Grundmann Franziska sagt, stellt er voller Verwunderung fest, dass er wieder an das Mädchen mit den Zöpfen denkt. Es stand plötzlich auf dem Schulhof und fiel sofort auf, weil keiner mit ihm spielte, und weil seine Zöpfe so überaus lang waren. Das Mädchen, Lisa. Sie war neu und kannte noch keinen. Und es war etwas in ihrer Art. Als würde sie das nichts angehen, als hätte das alles nichts mit ihr zu tun, als wäre der Schulhof nicht vorhanden, genügte sie scheinbar sich selbst. Herr Grundmann konnte nicht aufhören, zu ihr herüberzuschauen.

Auf dem Schulfest, endlich, sprach er sie an. Er zeigte ihr seine Glasmurmeln und erzählte auch gleich, was er über sie wusste, dass Murmeln viele Namen haben, wie Märbel oder Glugger, Knicker oder Marmeli, dass Kinder bereits in der Antike, ja, wahrscheinlich noch früher, mit ihnen spielten, und dass sie damals aus Stein oder Ton gefertigt waren.

Lisa hörte zu. Sie ließ sich sogar eine orangerot schimmernde Murmel schenken, von der Herr Grundmann meinte, sie sähe aus wie ein Planet. »Wie der Mars«, erläuterte er. Anschließend teilten sie sich eine Limonade. Die Flasche wanderte zwischen ihnen hin und her, sie setzten ihre Münder an und wieder ab, die süße Flüssigkeit rann durch die Kehlen, Herr Grundmann fragte: »Willst du mit mir gehen?« Er fand, das wäre die logische Konsequenz dieses Augenblicks. Und ja, Lisa wollte. Es war also abgemacht. Sie sagte ihm noch, wo sie wohnte.

Schon am nächsten Tag kämmte Herr Grundmann seine Haare mit Wasser zurück, stopfte sein T-Shirt in die Hose, zog seine saubersten Schuhe an und fuhr mit der Straßenbahn zu Lisa. Er klingelte mit einem Blumenstrauß in der Hand, den er von seinem Taschengeld erstanden hatte, »ich möchte zu meiner Freundin«, verkündete er. »Und wer, bitteschön, sollte das sein?«, fragte Lisas Mutter, die sich in der Haustür aufbaute wie ein asiatischer Tempelwächter. Einer, der böse Geister vertreibt. »Lisa«, antwortete Herr Grundmann tapfer, denn was man angefangen hatte, musste man zu Ende bringen.

»Dafür seid ihr viel zu jung«, empörte sich Lisas Mutter und schickte Herrn Grundmann samt Blumenstrauß »Kehrt, Marsch!« nach Hause. Sie informierte den Klassenlehrer, der sich seinerseits an Herrn Grundmanns Mutter wandte, die ihren Sohn bekümmert ansah. Noch trauriger als sonst. Wer hätte sich da nicht gefügt? Herr Grundmann war nicht umsonst der kleine Herr Grundmann. Er gehörte zur Mutter.

Nur zu ihr.

Selbstverständlich hatte er, als er älter wurde, die eine oder andere Freundin. Diese oder jene, zu mehr reichte es allerdings nie. Nein, Herr Grundmann hatte nichts zu verschenken, nichts mehr zu teilen. Er hatte bereits alles gegeben, das änderte sich auch mit dem Tod der Mutter nicht. Da erlosch nur der Rest des Feuers dieser ohnehin schon schwachen Glut. Die Liebe existierte höchstens als Abglanz, im besten Fall als Erinnerung. Irgendwann jedoch war selbst ihr Andenken nicht mehr als ein bleicher Schatten. Völlig verblasst.

Und ausgerechnet dieser Tage bekommt das Ganze wieder Farbe, Herr Grundmann würde sagen, orangerot. Ausgerechnet jetzt fällt ihm wieder das Mädchen vom Schulhof ein. Vielleicht hat die Liebe ja doch einen langen Zopf. Möglicherweise kann man ihm nicht entkommen!

Wenn Herr Grundmann Franziska sagt, muss er feststellen, dass der Ort, an dem er lebt, für ihn nicht mehr ist, was er war, seit sie hier ist. Nicht, dass er sich dieses Städtchen damals ausgesucht hätte. Nein, Herr Grundmann ist hier gestrandet. Er wurde so zufällig an Land gespült, wie er vorher scheinbar ziellos umhergetrieben war.

Gleich nach der Beerdigung war er einfach in den Zug gestiegen, in den ersten, der kam. Er fuhr nach Paris, in die Stadt mit dem schönen Wappen, auf dem unter einem blauen, mit goldenen Lilien besäten Schildhaupt ein in Rot getauchtes silbernes Schiff mit geblähtem Segel schwimmt. Der zum Wappen passende Wahlspruch in lateinischer Sprache lautet: »Fluctuat Nec Mergitur«, zu deutsch: »Es schwankt, aber es geht nicht unter«, ein passendes Motto für Herrn Grundmanns beginnende Reise. Für seine beginnende Flucht? Er blieb nicht lange in Paris. Im 18. Stadtbezirk erstand er in einem Souvenirladen die Jakobinermütze, Symbol seiner neugewonnenen Freiheit, die er kurzerhand aufsetzte. Keine Frage, dass er weiter wollte.

Aller Meeresmetaphern zum Trotz würde Herr Grundmann aber ausschließlich den Zug nehmen. Der Mensch ist schließlich kein Fisch. Und im Übrigen auch kein Vogel. Als Erdbewohner sollte er sich über Land fort bewegen, damit er in Ruhe wahrnehmen kann, was er durchquert. Das, so fand Herr Grundmann, wäre schließlich schon ein gut Teil des Reisens.

Fehlte nur noch das Ziel, das Herr Grundmann ganz pragmatisch, leidenschaftslos, dem jeweiligen Buch entnahm, das er gerade las; um genau zu sein, dem Leben der Schriftsteller, die es verfasst hatten. So führte ihn Marlen Haushofer nach Wien, Steyr, Linz und Graz, Cees Nooteboom nach Den Haag, Dante Alighieri nach Florenz, Siegfried Lenz nach Masuren und mit Heinrich Heine fand er schließlich nach Deutschland zurück.

Hier dauerte es noch eine gute Weile, bis Herr Grundmann bemerkte, dass er immer kleinere, immer langsamere Züge wählte. Irgendwann hielten sie buchstäblich an jeder Milchkanne, Herr Grundmann war erschöpft. Seinen Jakobiner trug er schon seit geraumer Zeit nicht mehr. Die Mütze war ihm bei diesem Wetter auch viel zu warm. Und jetzt stoppte der Zug schon wieder. Herr Grundmann hatte genug.

Er verließ den Zug ebenso selbstverständlich wie er

zu Beginn seiner Reise in ihn eingestiegen war und fand sich auf dem Bahnhof irgendeines Städtchens wieder. Was wollte er hier? Der Anschlag eines Tabakmuseums sollte es ihm verraten. »Aufseher gesucht« stand dort in großen Lettern, Herr Grundmann war einverstanden. Er gab seiner Müdigkeit nach. Und weil hier alles so herrlich unaufgeregt war, vergaß er einfach die Zeit und mit ihr alles andere.

Erst jetzt fällt es ihm wieder ein.

Erst jetzt gewinnt alles wieder an Bedeutung. Dieser Ort ist inzwischen ja nicht mehr beliebig. Er erzählt längst eine Geschichte. Er hat ein Gesicht, Herr Grundmann möchte fast sagen, ein Antlitz.

WENN HERR GRUNDMANN FRANZISKA SAGT, möchte er darauf verweisen, dass er durchaus in der Lage ist, in Beziehung zu leben, siehe Königsberg.

Nach ihm hat Herr Grundmann ja sogar gesucht. Er wünschte sich eine Begleitung für seine ausgedehnten Spaziergänge. Im Tierheim allerdings überfielen ihn Zweifel. All diese Hunde, die wer weiß woher kamen, die wer weiß was erlebt hatten. Sie erregten nicht nur sein Mitleid, sie machten ihm Angst! Wer wusste schon, was in ihnen steckte und eines Tages ausbrechen würde? Welche Geschichte? Welche Krankheit?

Welcher Wahn?

Es ist ja allgemein bekannt, dass Menschen und Hunde sich ähneln, da sie seit zirka fünfzehntausend Jahren zusammen leben, was deutliche Spuren hinterlassen hat. Kein anderes Tier versteht die Blicke und Gesten des Homo sapiens so gut, nicht mal dessen nächster Verwandter, der Schimpanse. Dafür werden Hunde aber auch von menschlichen Krankheiten wie Krebs, Herzbeschwerden und Allergien geplagt und können erhebliche psychische Störungen entwickeln. Nein, bei genauerer Betrachtung wollte Herr Grundmann plötzlich keinen Hund mehr. Aber Königsberg war ja auch mehr als das. Als ihn Herr Grundmann entdeckte, lag er ruhig auf dem Boden. Den Kopf auf den Pfoten sah er Herrn Grundmann abwartend an.

Wer war denn das?

Kein Hund, der hochsprang, jaulte und kläffte, weder zutraulich noch aggressiv. Die Tierheimleiterin stellte ihn vor. Sie nannte dabei irgendeinen Namen, den Herr Grundmann ignorierte. Denn das war ja Königsberg.

Doch so sehr Herr Grundmann ihn auch als Teil von sich selbst erlebt, so bleibt ihm doch bewusst, dass Königsberg kein Mensch ist. Für einen Menschen wäre in Herrn Grundmanns Leben durchaus noch Platz.

WENN HERR GRUNDMANN FRANZISKA SAGT, steht er im Blütenregen.

Er ist nach langer Zeit wieder einmal auf dem Friedhof, dieses Mal jedoch, um einem Bekannten das letzte Geleit zu geben, die letzte Ehre. Und so schreitet Herr Grundmann gemessenen Schrittes hinter dem Sarg her, als er unverhofft seinen Kopf hebt. Wie blau der Himmel über ihm ist, unendlich Blau! Was ist das nur für ein Wetter.

Die Bäume auf dem Friedhof überblühen sich förmlich. Und der Wind wirft Blüten. Blüten wie Konfetti. Blüten wie Schnee. Helle Blüten, die nur so auf die Gehwege und Grabsteine niederregnen. Der Wind streut sie auf die Kleidung der Trauergäste und als Schmuck in ihr Haar. Als würden sie sich auf einer Hochzeit befinden, doch, was sind das für Blüten? Birne, Apfel, Kirsche? Kirsche, beschließt Herr Grundmann, als wäre dies ein Kirschblütenfest, mit dem die Japaner die Schönheit der

Vergänglichkeit feiern. Das macht Sinn, ereifert er sich und streicht sich die Blüten aus dem Haar, klopft und schüttelt sie von seinem schwarzen Anzug. Franziska, ruft etwas in ihm. Das Leben ist kurz, möchte er plötzlich laut sagen.

WENN HERR GRUNDMANN FRANZISKA SAGT, grübelt er, woran man wohl seinen Partner erkennt.

Er ist wie ein pazifischer Lachs. Instinktiv schwimmt er im großen Strom mit. Immer flussaufwärts, zu den Laichplätzen. Nicht alle schaffen es dorthin, die Reise ist lang und beschwerlich. Wer aber ankommt, hat das Weibchen direkt an seiner Seite, gleich neben sich. Es ist genauso scharlachrot wie man selbst, genauso paarungsbereit, das ist nur natürlich. Darüber nachzudenken braucht wirklich niemand, es macht ja alles in einem größeren Zusammenhang Sinn. So kommen auf der Wanderung der Lachse jährlich Millionen von ihnen um. Sie dienen den Tieren, den Bären, Seeadlern, Wölfen, deren Überleben von ihnen abhängt, als Futter. Und die wenigen, die nicht gefressen wurden, sterben todsicher nach ihrer Paarung. Die Lachsleichen nähren nicht nur ihre Nachkommen, sie düngen die Erde. Das ist der Kreislauf der Natur, aus dem Tod entsteht neues Leben. Und kein Lachs fragt warum, denkt Herr Grundmann.

Warum gerade ich?

Vielleicht ist es ja tatsächlich so einfach, Herr Grundmann muss lachen. Franziska ist in das Haus gezogen, in dem er lebt, ist sie also das Fischweibchen in nächster Nähe? Hätte er sie sonst vielleicht gar nicht wahrgenommen? Doch an eben diesem Punkt ist Herr Grundmann

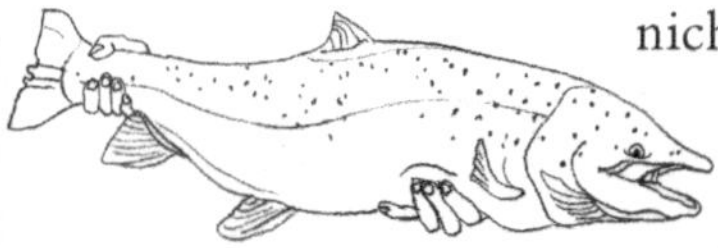

nicht mehr bereit mitzuschwimmen, im Strom seiner Gedanken. Er ist doch kein Lachs

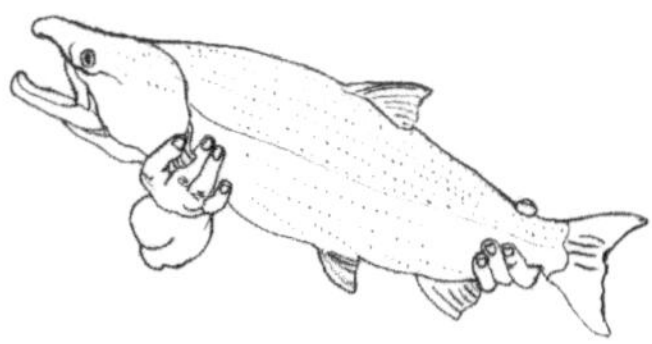

und Franziska nicht irgendwer. Es gibt keinen Zufall, auch kein Schicksal, in dieser Hinsicht nicht, darauf möchte Herr Grundmann bestehen. Er hat einen freien Willen und ist sich der Gegenwart Franziskas überaus bewusst. Aller Natur zum Trotz will Herr Grundmann jetzt einmal behaupten, dass es hier um das eigene Leben geht, um ihres und seines. Er möchte also durchaus wissen, warum. Warum Franziska? Es ist ganz einfach.

Weil er es ist. Weil sie es ist.

WENN HERR GRUNDMANN FRANZISKA SAGT, fällt ihm nicht unbedingt das Schwimmbad ein, in das er widerwillig geht. Herr Grundmann hasst es, dort zu schwimmen, es ist ja nicht das Meer. Schon allein die Vorstellung, sich in einer Umkleidekabine ausziehen zu müssen, ist ihm zuwider, und wenn er schließlich ins Wasser steigt, ist es, wie warm es auch sein mag, Herrn Grundmann zu kalt.

Trotzdem hat Herr Grundmann sich das Schwimmen verordnet. »Es belastet die Gelenke nicht, beansprucht die gesamte Muskulatur des Körpers, bringt das Herzkreislaufsystem in Schwung und trainiert den Herzmuskel«, wie einen Rosenkranz betet Herr Grundmann diese Worte auf dem Weg zum Schwimmbecken herunter, um sich nur ja nicht zu drücken. »Alles Leben kommt schließlich aus dem Wasser«, ermahnt er sich und »die Menschen bestehen zu siebzig Prozent aus Wasser«. Also muss es da doch eine gewisse Affinität geben, die

Herr Grundmann im Schwimmbad leider nicht fühlt. Nicht im Geringsten, schon gar nicht, während er langsam die Treppenstufen hinab ins Wasser steigt. Denn Herr Grundmann ist ein Ins-Wasser-Geher und nicht Springer, was die Sache zur Folter macht. Erst kommen die Füße mit dem Nass in Berührung, dann dauert es, bis Herr Grundmann mit den Hüften im Wasser steht. »Schwimmen bezeichnet das Nicht-Untergehen-eines-Körpers in einer Flüssigkeit«, deklamiert er die letzte Perle seines Rosenkranzes und damit zugleich das Startsignal. Herr Grundmann schwimmt los. Nun braucht er sich nur noch den Frosch vorzustellen, den er vor langer Zeit einmal beobachtet hat. Die Schwimmbewegungen seiner Hinterbeine waren so gleichmäßig, so unerhört schön. Deshalb schwimmt Herr Grundmann wie ein Frosch. Dazu tausend Meter ohne anzuhalten. Dann hat er es hinter sich.

Jetzt muss sich Herr Grundmann von seinem Froschsein am Beckenrand erst einmal erholen. Und er ist noch nicht wieder Mensch, als er sieht, wie ein gewürfelter Badeanzug schnurstracks auf das Schwimmbecken zu spaziert. Ein kleiner, zarter, Körper im blauweißen Schachbrettmuster, der Herrn Grundmann auf der Stelle matt setzt.

Herr Grundmann fühlt sich wie am ersten Tag, als er Franziska auf der Straße vor seinem Haus traf, neben dem Umzugswagen. Er hofft, dass sie nicht ins Wasser kommt, was eine absurde Hoffnung ist, das wusste er schon damals. Und so sieht er hilflos zu, wie sie die Arme über ihrem Kopf ausstreckt, um mit einer eleganten Bewegung ins Wasser zu springen. Franziska, mit ihrem stromlinienförmigen Körper, Franziska, der Delfin. Ein Warmblüter, denkt Herr Grundmann, während ich Kaltblüter bin. Vielleicht übersieht sie ihn ja. Vielleicht schwimmt sie, wie er, tausend Meter ohne anzuhalten. Doch Franziska steuert direkt auf ihn zu und ist schon neben ihm, am Beckenrand. Ihr Kopf taucht neben seinem aus dem Wasser. »Herr Grundmann«, sagt sie, ihre Haare sind nass. Wie geleckt kleben sie an ihrem Kopf. Das Wasser rinnt über ihr Gesicht, von den Wimpern herab tropft es. Herr Grundmann sieht auf ihre Lippen, die vom Wasser glänzen, Franziska denkt er.

Franziska ist alles, was er denkt.

WENN HERR GRUNDMANN FRANZISKA SAGT, ruft sie ihn zu sich. Sie hält ihm eine Schüssel Erdbeeren entgegen. »Selbst gepflanzt, frisch geerntet«, erklärt sie stolz und klopft auffordernd neben sich auf die Gartenbank. Herr Grundmann möge sich setzen.

»Erdbeeren. Aus der Familie der Rosengewächse«, sagt Herr Grundmann, das Holz unter ihnen ist warm. Der Garten duftet nach gemähtem Gras, und da ist noch ein anderer Wohlgeruch. Herr Grundmann riecht die Sonne auf seiner Haut, Franziska greift in die Schüssel. Sie öffnet und schließt ihren Erdbeermund, Herr Grundmann tut es ihr nach, sofort schmeckt alles nach Erdbeere. Der ganze Mund ist in Rot getaucht.

Das hat etwas von einem Nachmittag aus der Kindheit, findet Herr Grundmann, und es erinnert ihn außerdem an François Villons verliebte Ballade für ein Mädchen namens Yssabeau. »Im tiefen Erdbeertal, da schlief ich«, zitiert Herr Grundmann, natürlich nur innerlich, das versteht sich. Aber vielleicht sind sie beide, Franziska und er, ja nur als Erwachsene verkleidet. Vielleicht spielen sie ein Spiel. Es hat jedenfalls etwas Verschwörerisches, wie sie hier auf der Bank sitzen und nach den saftigen Beeren langen, die keine sind. Die Erdbeere ist eine Scheinbeere. Botanisch gesehen ist sie eine Nuss.

Franziska beugt sich tiefer über die Schüssel, und in diesem Moment sieht Herr Grundmann ihn. Den Pfefferfleck, den Storchenbiss, oder wie immer man ihn auch nennen mag, das Muttermal im Nacken! Er kommt sich vor, wie ein Herr aus einem vergangenen Jahrhundert, als die Frauen beim Baden Gewichte an ihren Röcken trugen, damit auch alles, ihr ganzer Leib, im Wasser stets bedeckt blieb. Unverhofft hat er ein Stückchen Haut erspäht, nur ist es nicht das nackte Bein, sondern der nackte Nacken. Er gilt in Japan als Schönheitssymbol. Und was ist mit dem Muttermal? Es kam in Frankreich in Mode. Frauen, die keinen echten Leberfleck besaßen, trugen ein kleines schwarzes Pflästerchen als Imitat, das sie sorgsam platzierten. Denn die Stelle, an der es prangte, konnte etwas bedeuten, dass man nicht verheiratet war, zum Beispiel. Schöner sind vielleicht nur die Tikas, die gläubige Hindus auf der Stirn tragen, findet Herr Grundmann. Auch sie sind ein Zeichen. Ein Segenspunkt. Noch dazu sind sie in der Regel rot.

Rot, wie roter Wein. Wie Rosen, so rot. Rot, wie

rote Erdbeeren, die einem unverhofft ein Geheimnis offenbaren, Herr Grundmann kann sich dem nicht verschließen. Noch einmal überfällt ihn Villon, dieses Mal drängender: »Ich habe jetzt ein rotes Tier im Blut.«

WENN HERR GRUNDMANN FRANZISKA SAGT, legt er sich auf die Lichtung, an der er auf seinem Spaziergang immer vorbeikommt. Die Wiese, auf der er Franziska einmal vermutet hat, nur, dass sie es nicht war. An ihrer statt ruht Herr Grundmann jetzt auf der grünen Matte, lang gestreckt im Gras. Die Sonne kitzelt sein Gesicht und wärmt seine Glieder. Königsberg tobt derweil durch den Wald, Herr Grundmann kann ihn hören. Er sieht in den Himmel und lässt die Wolken über sich treiben. Ja, Herr Grundmann denkt an nichts weiter, was selten ist, äußerst selten. Er gibt sich ganz der Wiese hin, die ihn trägt. Kann sein, dass Herr Grundmann einschläft.

Jedenfalls zuckt er unwillkürlich zusammen, als er eine feine, sachte Bewegung neben sich bemerkt, Herr Grundmann öffnet die Augen. Gegen die Sonne erkennt er eine dunkle Gestalt. Sie ist im Begriff, neben ihm Platz zu nehmen. »Nicht erschrecken, ich bin es nur«, sagt Franziska leise und lässt sich nieder, Herr Grundmann wagt kaum zu atmen. Aber er kann Franziska fühlen. Wie sie jetzt neben ihm liegt, den Kopf in den Wolken. Er weiß nicht, wie lange sie gemeinsam so verweilen. So lange, bis es kühler wird. So lange, bis Franziska sich erhebt. »Mir wird kalt«, erklärt sie, »ich glaube, ich muss gehen«. Auch Herr Grundmann fröstelt, auch er richtet sich auf und sieht Franziska an. Eigentlich möchte er sie jetzt küssen. »Küssen, küssen«, befiehlt ihm sein Kopf, aber das geht nicht.

Er kann sich wer weiß was vorstellen, wer weiß was ausmalen, und es ist flirrender, bunter, phantastischer als alles, was Herr Grundmann sonst so erlebt. Beim Körperlichen aber ist Schluss. Hier macht ihm das Träumen keinen Spaß mehr, bleibt es doch deutlich hinter der Wirklichkeit zurück. Hier ist sie bei Weitem schöner. Küssen, das muss man tun!

WENN HERR GRUNDMANN FRANZISKA SAGT, gibt sie ihm einen Kuss. Nicht irgendeinen. Nicht irgendwohin. Sondern direkt auf den Mund. Nicht nur zärtlich. Nein, durchaus leidenschaftlich, möchte Herr Grundmann meinen. Und er hat nicht einmal Zeit, darüber erstaunt zu sein. Instinktiv küsst er zurück. Dann ist es vorbei. Dann sitzen sie sich schon wieder gegenüber.

Wo das passiert ist?

Na, im Garten auf der Erdbeerbank, wie Herr Grundmann sie seit dem Erdbeeressen mit Franziska nennt. Und wann? An einem Abend im Spätsommer, der schon ein wenig in den Herbst kippt. »Und was jetzt?«, fragt Herr Grundmann. Franziska lacht ausgelassen. »Und jetzt und jetzt und jetzt«, antwortet sie und gibt ihm zu jedem »und jetzt« noch einen Kuss, Kuss, Kuss. Herr Grundmann fühlt sich, als würde sie sich in seinen Kopf küssen. Dort hallen die Küsse nach wie ein Echo. Ihm wird ganz dumm davon. Und das, obwohl ihn Franziska erwartungsvoll ansieht. »Verzeihung«, murmelt Herr Grundmann, »ich bin wohl etwas aus der Übung.« Dumm, dumm, dumm. Er weiß doch tatsächlich immer noch nicht weiter. Franziska lächelt traurig, steht auf und geht. Lässt Herrn Grundmann allein mit dem Nachklang in seinem Kopf.

Handkuss, Fußkuss, Dankeskuss, Friedenskuss, Dornröschenkuss, Bruderkuss, Judaskuss, Todeskuss, es gibt viele Arten, sich zu küssen. Wie soll man da wissen, was es bedeutet? Manche meinen, beim Küssen würden sich die Seelen begegnen, Herr Grundmann vertritt da eher die Ansicht, dass es Bakterien sind. Er hält sich lieber an Fakten. Obwohl Mediziner doch auch behaupten, dass Küssen gesund ist. Der Körper bildet mehr Hormone, der Herzschlag beschleunigt sich, der Blutdruck steigt, und Küssen beansprucht erstaunlich viele Gesichtsmuskeln. Je nach Kussintensität bis zu vierunddreißig.

So viele werden es gerade eben beim Küssen mit Franziska wohl nicht gewesen sein, bedauert Herr Grundmann. Er fühlt ganz deutlich, dass Küssen beides ist, sowohl Begrüßung als auch Abschied, dem Küssen wohnt eine Poesie der Flüchtigkeit inne. Herr Grundmann wird da nichts festhalten können.

Und wer weiß denn schon, ob Franziskas Küsse Liebesküsse waren? Vielleicht bringt Herr Grundmann einfach nur alles durcheinander. Doch er wird die Entscheidung darüber, was Franziskas Küsse sind, selber treffen müssen. Nur noch nicht heute, nicht mit einem Kopf wie ein Mühlrad. Nicht auf der Erdbeerbank, die ihn so trunken macht.

WENN HERR GRUNDMANN FRANZISKA SAGT, kann es doch nicht sein, dass da praktisch einer alles über Tabak weiß, seine Herkunft kennt, seine Geschichte, seine Qualität, ja, ausnahmslos alles, was mit Tabak zusammenhängt und nicht den Hauch einer Ahnung hat, wie er schmeckt!

Endlich springt Herr Grundmann auf.

»Komm, Königsberg, komm«, sie begeben sich schnurstracks zum Tabakladen, den Herr Grundmann eigentlich schon immer mochte. Er ist schön klein, hat Regale aus Holz und riecht irgendwie männlich. Möglich, dass sich Herr Grundmann Letzteres einbildet, er ist verwirrt. Wie soll man sich angesichts dieser Vielfalt von Schachteln und Schächtelchen aber auch entscheiden?

»Möchten Sie denn überhaupt Zigaretten«, fragt der Tabakverkäufer, »oder sollen es lieber Zigarillos oder Zigarren sein?« »Ach«, überlegt Herr Grundmann und auch das ist für ihn nicht typisch, »das ist mir egal. Nur rauchen möchte ich eben jetzt.« Der Tabakverkäufer nimmt sich der Sache an.

Er bietet Herrn Grundmann eine Zigarette aus seiner eigenen Schachtel an und tritt mit ihm vor den Laden, wo Königsberg wartet. »Braver Hund, guter Junge«, sagt der Tabakverkäufer, tätschelt Königsberg den Kopf und gibt sowohl Herrn Grundmann als auch sich selbst Feuer. Und so stehen die beiden Männer nebeneinander und rauchen.

»Was ist denn passiert?«, fragt der Tabakverkäufer. Er bläst einige Rauchkringel, die wie geheime Zeichen aufsteigen, in der Luft schweben und sich dann verlieren. Herr Grundmann träumt ihnen hinterher. »Geht es um eine Frau?«, beharrt der Tabakverkäufer, Herr Grundmann muss husten. Auch Königsberg bellt, wenn auch nur kurz.

Herr Grundmann raucht weiter.

»Um eine Frau«, verkündet er dann, nicht ohne Stolz. »Und um was für eine!«

WENN HERR GRUNDMANN FRANZISKA SAGT, weiß er, dass es an der Zeit ist. Sorgfältig kleidet er sich an und wäscht auch Königsberg gründlich das Fell. Beruhigend spricht er auf ihn ein, Königsberg lässt sich nicht gerne pflegen. Vielleicht sind die tröstenden Worte aber auch für Herrn Grundmann gedacht, der sich fühlt, als müsste er Abschied nehmen. Von der kleinen Stadt, vom Wald, vom Fluss, vom vergessenen Museum, ja, selbst vom Haus. Sie stehen vor seinen Augen wie ein Bild, er betrachtet es mit einer gewissen Wehmut, es gehört bereits der Vergangenheit an. Denn egal, was passiert, Herr Grundmann hat sich entschieden. Entscheidungen ziehen immer Veränderungen nach sich. Herr Grundmann wird ein neues Bild malen müssen, noch kann er es nicht sehen, nicht mal erahnen. Noch ist alles ein unbeschriebenes Blatt. Aber Königsberg ist fertig, Herr Grundmann sollte es auch sein.

Er geht nur noch rasch in den Blumenladen, wo er

einen Strauß wählt, der aussieht, als wäre er von draußen hereingekommen, frisch von der Wiese gepflückt.

So bunt wie Franziska.

Franziska, zu der Herr Grundmann sich jetzt auf den Weg macht. Tapfer schreitet er auf das Haus zu, in dem er wohnt und betrachtet es wie mit neuen Augen. Er sieht ein in die Jahre gekommenes Fachwerkhaus mit einem erstaunlich offenen, einladenden Gesicht. Aber hier wohnt ja nicht nur Herr Grundmann, sondern eben auch Franziska.

Herr Grundmann klingelt.

Ja, heute wird er von draußen eintreten, als wäre er ein Fremder, als wäre er ein Gast, wenn Franziska ihn nur einlässt! Aber sie drückt schon den Türöffner, der in Herrn Grundmanns Ohren summt wie ein Schwarm Bienen.

Gemeinsam mit Königsberg steigt er die Treppen hoch, an seiner Wohnung vorbei, als müssten sie einen Berg erklimmen. Herr Grundmann gerät außer Atem. Er weiß wirklich nicht, ob er es bis zum Gipfel schafft, wo Franziska wartet. Er sieht sie bereits in der offenen Tür. Herr Grundmann schwenkt den Blumenstrauß wie eine Fahne. Und dann steht er vor ihr.

Vor Franziska.

Herr Grundmann möchte etwas sagen. Etwas, was all dies zusammenfasst, seine Abwehr, sein Zögern, seine Angst, seinen Rückzug, seine Eifersucht, seine Verwirrung, sein Staunen, seine Bewunderung, seine Sehnsucht, seine Vergangenheit, seinen Stolz, seine Liebe, seine Lust, all das Chaos, ja, all das, was sich in der letzten Zeit in seiner Brust angestaut hat. Es drängt hinaus.

Und wie es hinausdrängt!

Herr Grundmann sagt »Franziska«.

Frauke Tuttlies, 1966 in der Zigarrenstadt Bünde geboren. Vor der Einschulung vier Jahre in Teheran, Abitur 1985 in Tokio. Studium der Germanistik, Soziologie und Pädagogik, Magistra, dann Tätigkeit als Texterin in diversen Werbeagenturen in Bielefeld, Münster und Hamburg. Lebt als freie Autorin in Berlin.

Esther Glück, 1973 in Löffingen geboren. 1993 bis 2001 Studium der Angewandten Kunst in Schneeberg und anschließendes Freie Kunst Studium in Weimar. Seitdem Teilnahme an zahlreichen Einzel- und Gruppenausstellungen. Sie lebt in Berlin und arbeitet als freischaffende Künstlerin mit dem Fokus Papierschnitt.

KNAUR

Von Marina Boos sind bereits folgende Titel erschienen:
Jules Welt – Das Glück der handgemachten Dinge
Jules Welt – Vom Glück der winterlichen Dinge

Über die Autorin:
Marina Boos wurde 1981 in Baden-Württemberg geboren. Mittlerweile lebt sie mit ihrer Familie sehr dörflich am Rand der Elfringhauser Schweiz. Nach ihrem Studium arbeitete sie für mehrere Jahre in öffentlichen Bibliotheken. Dort kümmerte sie sich um Naturwissenschaften, Technikprobleme, Schüler und ein riesiges Regal mit Koch-, Bastel- und Handarbeitsbüchern. Sie spinnt und webt nicht nur Wörter zu Geschichten, sondern auch Wolle zu Schals und Decken.